엄마,
시체를
부탁해

엄마, 시체를 부탁해

초판 1쇄 발행 2024. 9. 4.

지은이 한새마
펴낸이 김병호
펴낸곳 주식회사 바른북스

편집진행 박하연
디자인 양헌경

등록 2019년 4월 3일 제2019-000040호
주소 서울시 성동구 연무장5길 9-16, 301호 (성수동2가, 블루스톤타워)
대표전화 070-7857-9719 | **경영지원** 02-3409-9719 | **팩스** 070-7610-9820

•바른북스는 여러분의 다양한 아이디어와 원고 투고를 설레는 마음으로 기다리고 있습니다.

이메일 barunbooks21@naver.com | **원고투고** barunbooks21@naver.com
홈페이지 www.barunbooks.com | **공식 블로그** blog.naver.com/barunbooks7
공식 포스트 post.naver.com/barunbooks7 | **페이스북** facebook.com/barunbooks7

ⓒ 한새마, 2024
ISBN 979-11-7263-126-0 03810

엄마, 시체를 부탁해

한새마
지음

나의 지옥보다 당신의 지옥이 더 견딜 만한지 묻고 싶었다.

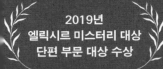

2019년
엘릭시르 미스터리 대상
단편 부문 대상 수상

2021년, 2022년
한국추리문학상
황금펜상 우수상 수상

2023년
한국추리작가협회
신예상 수상

바른북스

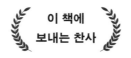

한새마 작가의 작품은 불편한 진실을 뚫어지게 바라보는 냉정함이 있다.
에너지로 펄펄 끓는 차가움!

— 한이 작가, 한국추리작가협회장

가족이라는 굴레에 묶인 인물들을 들여다보는
날카로운 필력이 돋보인다.

— 서미애 작가

가장 따뜻한 단어 엄마와 범죄의 절묘한 조합.
촘촘한 구성의 씨줄과 적확한 단어의 날줄이 잘 직조된 명품 미스터리의 향연.

— 김재희 작가

질주하는 스토리텔링과 섬세한 심리묘사가 조화를 이룬 단편들의 진수성찬!

— 한수옥 작가

한국 미스터리 씬에서 가장 기대되는 작가.
어쩌면 우리는 마스터의 탄생을 목도하고 있는지도 모른다.

— 윤자영 작가

공감각으로 가득한 몰입감 강한 문장,
그걸 아무렇지 않게 써내는 한새마 작가가 죽이고 싶을 정도로 질투 난다.

- 홍선주 작가

이 책은 그녀가 걸어온 삶의 궤적이자 처절한 외침이다.

- 홍정기 작가

모든 반전이 충격적이고 치명적이다.
어느샌가 매력적인 이야기에 허우적대고 있는 나를 발견한다.

- 이호원 인터넷서점 수북수북 서점장

강렬한 몰입도와 깊은 주제 의식에 소름 끼치는 반전까지!
앉은 자리에서 완독할 수밖에 없었다.
완독 후엔 놀라워서 재독할 수밖에 없었다.

- 밍구 추리 미스터리 스릴러 리뷰어

충격과 반전의 연속.
공식을 자유자재로 넘나드는 단편들.

- 영서 추리 미스터리 스릴러 리뷰어

차
례

이 책에 보내는 찬사

낮
달

헬리콥터 한 대가 철제 바리케이드 위를 맴돌았다. 흰색 방호복 차림의 군인들이 생수나 쌀 같은 걸 폐허로 떨어뜨려 주는 상상을 했다. 상상만으로도 목이 마르고 배가 고팠다. 나는 멀어지는 헬리콥터의 뒤꽁무니를 빨아 먹을 듯이 노려보았다. 그러면 그렇지, 우리 같은 오염자들에게 나눠줄 구호품이 있을 리가 없지. 있었다면 이렇게 바리케이드를 치지도 않았을 것이다.

하늘이 얄미울 정도로 맑았다. 저번 비에 받아놓은 물을 거의 다 마셨다. 이미 오래전에 수도도 전기도 끊겼다. 물받이 페트병들을 찾아서 어두워지기 전에 엄마와 내가 숨어 지내는 폐창고로 돌아가야 한다.

무심코 거둬들이는 눈길에 낮달이 걸렸다. 낮달의 위쪽은 임신한 엄마 배처럼 둥글고 아래쪽은 희끄무레하게 부옇다.

엄마, 시체를 부탁해

"달은 낮에도 떠 있는데 사람들이 못 보고 지나치는 것뿐이야."

엊그제 개 떼한테 물린 엄마는 며칠 동안 고열에 시달리다 아침부터는 오한이 들어 자리에서 아예 일어나질 못했다. 그래서 나는 난생처음 엄마 없이 바리케이드 안을 정찰하게 되었다. 정찰이라고 해서 딱히 특별한 게 있는 건 아니다. 그냥 적당한 고지대에 올라가 오염 지역의 철거 작업이 얼마나 진행됐는지 살펴보는 것이다.

시에서 오염도가 높은 지역에 바리케이드를 설치한 후 오염된 건물들에 대해 철거 명령을 내렸다. 바리케이드 안에 살고 있던 오염자들은 쥐꼬리만 한 보상금을 받고 도시 밖 정화 시설로 강제 이주되었다.

엄마와 나는 오염자들의 강제 이주가 한창일 때에 그 혼란을 틈타 바리케이드 안으로 몰래 들어왔다. 오염되는 것 정도는 감내해야 할 만큼 무서운 아저씨들한테 쫓기고 있었기 때문이었다.

나중에 안 사실이지만 시의 명령을 어기고 바리케이드 안에 숨어 지내는 사람들이 우리 말고도 더 있었다. 늙고 병들고 가난하여 운신조차 하기 힘든 사람들 말이다. 아마 바깥사람들은 상상조차 못 할 것이다. 3미터 높이의 철제 바리케이드 안에, 굴삭기와 트럭들이 마구 지나다니는 그곳에 우리 같은 오염자들이 살고 있다는 걸.

요 며칠 새 철길 위쪽의 청수 목욕탕이 흔적 없이 사라졌다. 목욕탕 맞은편 한일 슈퍼도 효성 세탁소도 없어졌다. 그저 폐허만이 남아 있을 뿐이었다. 건물 잔해와 폐기물, 온갖 종류의 생활 쓰레기들이 뒤섞여 잿빛 융단처럼 깔려 있었다.

철거 속도가 생각보다 빨랐다. 일주일 뒤면 오염 지역 철거반이 은신처인 폐창고까지 밀고 올라올 것 같았다. 엄마는 혼자서 일어날 수도 없는데, 큰일이었다.

폐허를 스쳐온 탁한 바람이 나를 휘감고 지나갔다. 오소소 소름이 돋았다. 반바지에 러닝셔츠 차림이라 그렇다. 몇 달 전부터 내내 입었던 옷이다. 반바지는 겨울에 입던 추리닝을 잘라 만든 것이고, 커서 입으나 마나인 남성용 러닝셔츠는 빈집에서 주웠다. 엄마는 내가 남자아이처럼 보여야 한다며 그냥 웃통을 까고 다니라지만 왠지 그건 싫다. 머리카락도 짧게 잘라서 얼마나 속상한지 모른다.

갑자기 발등이 간지러웠다. 내려다보니 커다란 바퀴벌레 한 마리가 삼선 슬리퍼 속을 헤집다가 발가락 사이로 빠져나왔다. 쓰레기 더미에서 주워 신은 슬리퍼가 조금 컸다. 발가락에 힘을 꽉 주고 걸음을 뗐다.

철골과 시멘트 블록들이 쌓인 폐자재 언덕을 조심스레 밟고 내려왔다. 높이가 꽤 되었다. 아슬아슬하게 발을 내딛는 곳마다 시멘트 모래들이 푸수수 떨어졌다. 미끄러질 것 같아 튀어나와 있는 철골을 손으로 움켜쥐려는 순간, 발아래가 무너져 내렸다. 내 키보다 더 높은 곳에서 곤두박질쳤다.

아, 아파, 아파.

머리끝부터 발끝까지 안 아픈 데가 없었다. 손가락, 발가락을 꼼

엄마, 시체를 부탁해

지락거려 보았다. 팔다리를 들었다가 내렸다. 모두 제대로 움직였다. 어디 부러진 구석은 없는 모양이었다. 크게 다치지 않아서 정말 다행이었다.

바리케이드 안에서는 약을 거의 구할 수가 없다. 철거 용역들이 사는 북쪽 지역에 몰래 들어가 약을 훔치는 방법도 있지만 그러다 잡히면 흠씬 두들겨 맞을지도 모른다. 용역들은 바리케이드 안에 숨어 지내는 오염자들을 바퀴벌레만도 못하게 여긴다.

오염 지역 철거주택 조합에서 고용된 사람들이다 보니 깡패나 조폭같이 험상궂게 생긴 건 기본이고 하나같이 힘깨나 쓰는 덩치들이다. 공무원들도 무서워 함부로 대하지 못한다. 용역들은 무법천지의 바리케이드 안에서 제일 무서운 존재라고 할 수 있다.

나는 동쪽 지구 쪽방촌에서 딱 한 번 용역에게 붙들린 적이 있었다. 그 사람은 심지어 변이자였다. 오염자들 중에 간혹 폭발적으로 난폭해지는 이들이 생겨나기도 했는데 그들을 변이자라고 부른다. 용역들도 오염 지구에서 오랫동안 생활하면 오염될 수밖에 없고 그렇기 때문에 용역들 사이에서도 변이자가 나올 수 있는 것이다. 법도 질서도 천륜도 거리끼지 않는 치들이 바로 변이자들이다.

바리케이드 생활을 시작한 지 얼마 되지 않았을 때였다. 쪽방들을 뒤지며 입에 넣고 삼킬 수 있는 거라면 무엇이든지 긁어모으고 있었다. 그때 괴상한 소리가 골목 안쪽에서 들려왔다. 우는 소리 같기도 하고 애원하는 소리 같기도 했다. 근처에서 엄마가 쓰레기 더미를 뒤지고 있었기 때문에 나는 겁 없이 그 소리를 따라 걸어 들어갔다. 두려움보다는 호기심이 더 컸다.

컥컥대는 소리가 새어 나오고 있는 방 앞엔 낡은 휠체어 한 대가 놓여 있었다. 보풀이 잔뜩 잡히고 땟국에 절은 노란색 스웨터가 휠체어 등받이에 걸쳐져 있었다. 나는 썩어 버그러진 문틈에 한쪽 눈을 갖다 댔다. 흰 머리카락마저 듬성듬성한 고령의 할머니가 누워 있었다. 어차피 곧 죽을 목숨이라서 정화 시설로도 가지 못하고 바리케이드 안에 남게 된 오염자였다. 잇몸만 남은 입을 벙긋거리며 할머니가 컥컥댔다. 누런 리놀륨 장판을 손톱으로 잡아 뜯으며 괴로워했다.

나는 그만 그 자리에 얼어붙고 말았다. 방 안에는 할머니 혼자만 있는 게 아니었다. 벽돌처럼 각지고 단단한 남자가 거죽만 남은 몸을 찍어 누르고 있었다. 억센 두 손으로 한 움큼도 안 될 것 같은 할머니의 목을 쥐어짰다. 장판을 긁어대던 손이 멈췄고, 까뒤집어진 두 눈에 피눈물이 흘러내렸다.

"너네 같은 바퀴벌레 몇 마리 죽는다고 어느 누가 신경이라도 써 줄 것 같아? 아무도 몰라. 아무도!"

무서워 뒷걸음질 치던 나는 그만 휠체어에 걸려 엉덩방아를 찧고 말았다. 휠체어가 넘어지면서 요란한 소리를 냈다. 남자가 한달음에 뛰쳐나왔다. 좀 전까지 할머니의 목을 졸랐던 손으로 내 머리 끄덩이를 거머쥐었다. 머리 가죽이 통째로 뜯겨 나가는 듯한 통증에 남자가 끌고 가는 대로 따라갈 수밖에 없었다.

"으아아아악!"

엄마, 시체를 부탁해

비명을 듣고 달려온 엄마가 바닥에 뒹굴고 있던 소주병을 집어 힘껏 던졌다. 소주병은 남자의 눈두덩에 부닥쳐 박살이 났다. 남자가 바닥에 널브러진 스웨터를 주워 상처에 갖다 댔다. 노란 스웨터가 그새 피로 붉게 물들었다. 그 틈에 나는 재빨리 기어서 엄마한테로 가며 외쳤다.

"엄마, 이 사람 변이자야!"

우리는 어떻게든 남자에게서 멀리 도망치려고 했지만 임신 중인 엄마는 빨리 뛰지 못했다. 그건 며칠 굶은 나도 마찬가지였다. 그런데도 어쩐 일인지 남자는 우리를 쫓아오지 않았다. 대신 피를 철철 흘리면서 웃고 있었다. 치아 여덟 개가 다 보일 정도로 입꼬리를 끌어올려 활짝 미소 짓고 있었다.

"그동안 시시했는데, 재밌겠어."

남자가 우리를 절대 포기하지 않을 거라는 불길한 생각이 들었다. 그 뒤로 나는 그 미친 변이자와 몇 번이나 마주칠 뻔했지만 내 쪽에서 먼저 발견한 덕에 몸을 숨길 수 있었다. 무법천지의 바리케이드 안에서 미친 변이자가 집요하게 우리를 찾고 돌아다니고 있다, 생각만으로도 뒷머리가 쭈뼛 섰다.

갑자기 축축하고 차가운 뭔가가 내 얼굴을 핥았다. 나는 소스라치게 놀라며 몸을 일으켰다. 시츄 한 마리가 세차게 꼬리를 흔들어대고 있었다. 털이 엉켜서 목덜미에 머리를 하나 더 붙이고 있는 것처럼 보이는 오염견이었다. 엄마를 공격했던 개 떼 속에서 봤던 놈 같았다. 나는 발딱 일어나서 시추 옆구리를 발로 걷어찼다. 머리

둘 달린 시추가 깨갱거리며 저만치 멀어졌다. 뭐가 아쉬운지 다리를 절룩거리면서도 입맛을 쩝쩝 다셨다.

"야! 내가 개밥으로 보이냐? 어?"

건강한 사람들이 자꾸만 바리케이드 안에 건강한 개들을 갖다 버린다. 건강한 개들은 굶주리고 병들어 오염되고 저희끼리 떼를 지어 몰려다니면서 오염자들을 물어뜯고 공격한다.

피로 얼룩진 얼굴, 물어뜯긴 종아리, 썩어가는 상처들.

여기서 뭉그적거릴 시간이 없다. 빨리 물을 찾아 돌아가야 한다.

허리춤에 노끈으로 꿰어 찬 플라스틱 우유 통을 치켜들고서 요리조리 살펴보았다. 깨지기라도 했으면 큰일이었다. 다행히 통 속에 조금 남아 있는 물이 새지 않고 찰랑거렸다.

접근금지라고 찍힌 노란 띠가 바람에 나부대고 있었다. 2층짜리 삼익 맨션은 V 자 모양으로 가운데가 주저앉았다.

건물 옆쪽으로 돌아 들어가자 녹슨 철봉대와 시소 받침만 남아 있는 모래터가 나왔다. 응달이라서 이끼와 버섯들이 잔뜩 돋아 있었다. 쪼그리고 앉아 허리춤에 훔쳐 멘 검은 비닐봉지에다 우산 모양의 버섯들을 따서 담았다. 먹으면 몸이 커지는 동화 속 버섯이 생각났다. 이렇게 얌전하게 생긴 버섯도 치명적인 독을 품고 있을 수 있다. 먹을 수 있는 건가, 엄마한테 물어봐야겠다.

모래터 가에 반쯤 파묻어 둔 물받이 페트병들을 끄집어냈다. 페트병 위쪽을 잘라 몸통에 거꾸로 꽂아놓은 것인데 여러 겹의 천들로 구멍을 막은 일종의 간이 정수기다.

결혼 전 엄마는 보습 학원에서 중학생을 가르치는 선생님이었다고 한다. 그래서 그런지 잡다한 상식들이나 재밌는 이야기들을 참 많이 안다.

굶주림에 잠 못 이루는 밤이면 엄마는 환상의 나라에서 사는 소녀들에 대해 이야기해 줬다. 그런 밤엔 언제 무너질지 모르는 낡은 폐창고가 이야기 속 멋진 성들로 변했다. 때로는 카드 병정들이 지키는 여왕님의 궁전으로, 때로는 노란 길을 따라가면 나타나는 에메랄드 성으로.

나한테는 세상에서 제일 똑똑하고 재밌는 엄마다. 그런 엄마가 왜, 말보다 주먹이 앞서는 아빠 같은 사람하고 결혼을 한 건지 정말 알 수가 없다.

허리에 차고 있는 우유 통 뚜껑을 열어 페트병 속의 물을 조심스레 옮겨 담았다. 조르르 흐르는 물소리를 듣고 있자니 타들어 가는 것처럼 목이 말랐다. 가벼운 어지럼증과 함께 눈앞이 흐릿해지면서 통 속의 물을 얼굴에다 쏟아붓고 있는 내 모습이 선명하게 떠올랐다. 수도꼭지처럼 쉼 없이 쏟아지는 물을 벌컥거렸다. 그렇게 달콤하고 시원할 수가 없다.

그때 낮게 으르렁대는 소리가 등 뒤에서 들려왔다. 황홀했던 신기루가 싹 사라져 버렸다. 나는 천천히 뒤로 고개를 돌렸다. 입에서 비명이 튀어나오려는 걸 억지로 삼켰다.

십여 마리의 개들이 콧등에 주름을 잔뜩 잡고 이빨을 드러내며 위협하고 있었다. 귓구멍에선 진물이 흐르고, 털 빠진 가죽에 피딱지가 따개비처럼 붙어 있는 걸 보니 오염견들이 틀림없었다. 나보다 덩치가 큰 도사견부터 좀 전에 걷어차인 시추까지 껴 있었다. 이 구역 고양이들 씨를 말리고 사람의 피와 살을 맛본 녀석들에게 열 살짜리 말라깽이 따윈 한 입 거리도 안 될 것이었다.

흥분한 개들이 입에 거품을 달고 짖어댔다. 일어나서 도망쳐야 하는데 다리에 힘이 풀려 도로 주저앉고 말았다. 소리 없는 울음이 터졌다. 며칠 전 엄마가 개들한테 공격당했던 일 때문에 몸이 먼저 두려움에 짓눌려 버린 것이었다.

엄마의 어깨와 다리를 물고 마구 흔들어 대던 개 떼들.

나는 슬레이트 지붕 위에서 그 모습을 지켜보았다. 엄마도 지붕 위로 올라오라고 소리쳤지만, 엄마는 처마 밑에서 일부러 두세 걸음 멀어지며 말했다.

"건물이 오염돼서 내가 올라가면 무너져. 자극하지만 않으면 괜찮을 거야."

하지만 괜찮지 않았다. 개들은 숨죽이며 있던 엄마를 포위하더니 한 마리씩 차례로 덤벼들었다. 결국 엄마는 배를 감싸 안고 바닥에 납작 엎드려 버틸 수밖에 없었다. 어린 나를 껴안고 아빠의 린치를 견디던 그때처럼.

마침 슬레이트 지붕에 비가 새는 걸 막으려고 군데군데 덮어둔 리놀륨 장판들이 있었다. 장판들 위에는 커다란 벽돌들이 누름돌

용도로 놓여 있었다. 나는 악을 쓰며 개 떼에게 벽돌들을 마구 집어 던졌고 개들은 대가리가 박살 나고 나서야 물러났다.

지금은 벽돌 한 장 무기로 쓸만한 게 없다. 내 비명을 듣고 달려올 사람조차도 없다.

물리기 싫다. 죽고 싶지 않다.

어금니를 앙다물고 자리에서 일어섰다. 오른손으로 우유 통 뚜껑을 돌려 잠그는데 자꾸만 헛손질을 했다. 삼선 슬리퍼를 거머쥔 왼손도 달달 떨렸다. 두 발은 이미 맨발이었다. 나는 후들거리는 다리에게 속으로 소리 질렀다.

움직여, 움직이라고!

두 발이 땅에 들러붙은 것처럼 도무지 떨어지질 않았다. 우두머리로 짐작되는 도사견 한 마리가 나를 향해 타닥타닥 가볍게 뛰어왔다.

도망쳐! 도망쳐, 제발!

덤벼드는 도사견의 아가리에 나는 쥐고 있던 삼선 슬리퍼를 쑤셔 넣었다. 그리고는 맨션 쪽으로 냅다 뛰었다. V 자로 무너진 건물 잔해에 철골과 내력벽이 서로 맞물려서 생긴 토끼 굴 같은 공간을 발견했기 때문이다. 맨션까지 뛰어갈 시간을 어떻게든 벌어보려고 했던 짓인데 플라스틱 슬리퍼가 찢어지는 데에는 몇 초도 걸리지 않았다.

흥분한 개들이 미친 듯이 짖어대며 나를 뒤쫓았고 그중에는 우두머리 격인 도사견도 있었다. 나는 시멘트 블록들을 주워 개들에

게 집어 던졌다. 제대로 얻어맞은 도사견이 깨갱거리며 나둥그러졌
다. 그때 새까만 도베르만 한 마리가 나타나 도사견의 얼굴을 물어
뜯었다. 두 마리는 끔찍한 비명을 내지르며 엉겨 붙어 싸웠다.

그 틈에 나는 시멘트 굴속으로 얼른 기어들어 갔다. 입구가 좁아
덩치 큰 개들은 따라 들어오지 못해 땅바닥을 발로 파헤치며 안달
이었다. 작은 녀석들은 잔뜩 경계하며 왕왕 짖어댔다.

막혀 있을 줄 알았는데, 좁고 긴 굴 끝에 빛이 새어 들어오고 있
었다. 저곳으로 나가면 살 수 있겠다는 기쁨도 잠시, 입구 쪽에서
시근덕거리는 소리가 울려 퍼졌다. 뒤돌아보니 피투성이 얼굴로 도
베르만이 시멘트 벽에 머리를 처박으며 이쪽으로 다가오고 있었다.
좀 전에 도사견을 물어뜯었던 바로 그놈이었다. 굶주림에 동족까지
뜯어 먹었던 놈이니 나를 쫓아오는 이유도 뻔했다. 나는 필사적으
로 기었다. 유리와 시멘트 조각들에 무릎이 쓸렸지만 아파할 새도
없었다.

출구에 다다를 즈음 통로를 대각선으로 가로지르는 철골이 앞을
가로막았다. 나는 빼빼 말라서 머리통만 들어가는 곳이라면 무조
건 통과할 수 있다. 머리를 먼저 집어넣은 다음 어깨를 살짝 비틀
어 넣자 다행히도 수월하게 빠져나올 수 있었다.

문제는 내 뒤까지 바짝 쫓아온 도베르만이었다. 녀석은 장애물
을 비켜 통과할 만큼 똑똑하지도 덩치가 작지도 않았다. 철골에 어
깨가 걸리자 흥분한 녀석이 눈알을 까뒤집고 숨넘어갈 듯 짖어댔
다. 막무가내로 밀어붙이며 나를 향해 이빨을 딱딱거렸다. 그러자

엄마, 시체를 부탁해

철골이 내 쪽으로 조금씩 쏠리기 시작했다. 시멘트 덩이들이 위에서 후두두 떨어져 내렸다.

앗, 위험해!

앞으로 고꾸라질 것처럼 전속력으로 기었다. 철골이 휘어지며 녀석의 뾰족하고 누런 이빨이 내 엉덩이에 박히려는 순간, 와르르 요란한 소리와 함께 시꺼멓고 매캐한 연기가 나를 덮쳤다. 짐승의 날카로운 비명이 울려 퍼졌다. 하지만 나는 기는 걸 멈추지 않았다.

갑자기 눈앞이 환해졌다. 나는 땅바닥에 얼굴을 처박은 채로 쿨럭쿨럭 먼지와 모래를 뱉어냈다. 시멘트 가루와 잿더미로 뒤범벅된 얼굴을 손등으로 문질렀다. 가슴팍이 뻐근해질 때까지 숨을 한껏 들이쉬었다. 살았다는 안도감과 함께 눈물이 왈칵 쏟아졌다.

달동네 입구 공터에 트럭들이 줄지어 주차되어 있었다. 깜짝 놀라 나는 재빨리 전봇대 옆 헌 옷 수거함 밑으로 몸을 구겨 넣었다.

흰색 방호복 차림의 남자들이 리어카에 자루를 잔뜩 실어 나르고 있었다. 전면 고글을 썼고 분진 마스크마다 핑크색 필터가 두 개씩 붙어 있는 걸 보니 고오염물 제거반이 분명했다.

공터 가운데에 크고 작은 자루들이 쌓여 있었다. 제거반원 몇이 자루마다 붉은색 테이프를 둘둘 감았다. 그러다 그만 덤벙이 하나가 자루를 실수로 넘어뜨렸고 그 바람에 속에 든 것들이 쏟아져 나왔다. 제거반원들이 일제히 양손으로 마스크를 막으며 딴 쪽으

로 고개를 돌렸다. 흩날리던 분진들이 가라앉자 다들 덤벙이한테
험악한 소릴 해댔다.

"야이 새끼야, 똑바로 안 해? 누구 죽일 일 있어?"

"죽고 싶으면 혼자 뒈져."

"앗, 죄송합니다. 죄송합니다."

연신 허리를 굽혀 사과하던 덤벙이가 쏟아진 것들을 자루 속에
얼른 쓸어 담았다. 슬레이트 조각들, 썩은 각재들과 함께 집어넣은
건 죽은 시궁쥐들이었다. 오염된 동물의 시체도 처리한다는 엄마
말이 맞았다.

고오염물 제거반이 다녀가고 나면 굴삭기와 핸드 드릴과 해머로
중무장한 철거 부대가 들이닥친다. 그러면 집 한 채가 공중 분해되
는 데에 반나절이 채 걸리지 않는다.

엄마한테 가서 알려야 한다. 좀 더 북쪽으로 거처를 옮기자고 해
야겠다. 아니, 이번엔 서쪽으로 가자고 해볼까. 서쪽엔 아직 오염되
지 않은 숲과 호수가 있다. 나는 서쪽 바리케이드 너머에 있다는
바다만큼 넓은 호수와 그 속에 사는 호수 괴물에 대해서 생각했다.
우리처럼 존재하지만, 눈에 보이지 않는, 거대하고 슬픈 미물에 대
해 들려준 엄마의 이야기를 떠올렸다. 정말 중요한 것들은 눈에 보
이지 않는다고 했던 말도.

자루들을 짐칸에 실은 트럭들이 하나둘 주차장을 떠났다. 마지
막으로 남은 트럭의 운전수가 아직 차에 타지 않은 덤벙이에게 소
리쳤다.

"야, 빨리 안 타?"

"아, 네. 금방 갑니다."

오르다 보면 깔딱깔딱 숨이 넘어간다는 달동네 깔딱 계단 맨 밑에 덤벙이가 쭈그리고 앉아 있었다. 기도하듯 구부정한 덤벙이의 등판에다 대고 운전자가 연거푸 역정을 냈다.

"진짜 빨리 안 오고 뭐 해? 너 그냥 두고 가버린다!"

덤벙이가 자리에서 일어나더니 트럭 쪽을 향해 굽실거리며 뛰어갔다. 조금 뒤 마지막 트럭까지 공터 밖으로 빠져나갔다.

헌 옷 수거함 밑에서 기어 나온 나는 깔딱 계단으로 조심스레 다가갔다. 거기엔 뚜껑을 딴 참치 캔 하나가 놓여 있었다. 1년 만에 보는 참치 캔이었다.

계단 앞에 무릎을 꿇고 앉아 두 손으로 조심조심 참치 캔을 들어 입에 가져갔다. 짭조름하고 고소한 기름이 입안 가득 퍼져 나갔다. 엄지와 검지로 살코기를 집어서 입에 넣었다. 씹을 새도 없이 목구멍으로 넘어갔다. 왼손으로 캔을 붙잡고 오른손 검지로 살코기들을 입안으로 허겁지겁 쓸어 넣었다. 기절할 것처럼 맛있었다.

엄마는 동생을 임신시킨 나쁜 사내들을 피해 바리케이드 안으로 도망쳐 들어온 거였다. 사내들은 무료 급식소 근처를 배회하던 우리를 폭행하고 자신들의 아지트로 끌고 갔다. 행인들이 지나다니는 퇴근 시각이었지만 아무도 도와주지 않았다. 그들 눈에 우리는 보이지 않는 것 같았다. 어딘가로 팔려 가기 직전에 가까스로 도망쳤다. 갈 곳이라곤 오염 지구밖에 없었다.

바리케이드 안에서의 생활은 버겁고 힘들고 끔찍했다. 이제는 정말 그만하고 싶다. 엄마의 오염된 세상에서 나가고 싶다. 지금이라도 저 트럭을 쫓아가 볼까. 이 말도 안 되는 상황에서 나를 꺼내달라고 애원해 볼까. 하지만 그러면 엄마는? 바깥사람들이 엄마에 대해서 뭐라고 하지 않을까. 나에게 아무런 죄도 묻지 않을까.

캔 모서리에 혀가 베일 정도로 참치 캔을 핥아먹었다. 비릿한 쇠맛까지 맛있었다. 손가락에 묻은 기름도 아까워 쪽쪽 빨았다. 빈 깡통을 들어 밑바닥에 구멍이 난 건 아닌지 확인해 보았다. 아쉬움에 입을 쩝쩝 다셨다. 그러자 참을 수 없을 만큼 목이 말랐다. 우유통에 담긴 물을 깡통에다 조금 따랐다. 엄마하고 나눠 마셔야 해서 아주 조금만 마셨다. 참치를 혼자 다 먹어버린 것이 마음에 걸렸다. 커다란 알사탕을 삼킨 것처럼 명치가 꽉 막혔다.

깔딱 계단 위에 놓인 하늘이 핏빛으로 찬란했다. 피투성이 발이 절룩거리며 저녁 거미를 밟고 올랐다.

사위가 너무 어두컴컴해서 멀리서도 폐창고에서 희붐한 빛이 새어 나오는 게 보였다. 이상한 일이었다. 엄마는 절대 밤에 불을 피우지 않는다. 우리가 여기에 있으니 잡아가라고 손을 흔드는 거나 다름없다고 생각해서다. 그런데 어째서 불을 피운 거지? 혹시 동생이 태어난 걸까? 반짝 반가운 마음에 뛰어가다가 그 자리에 멈춰섰다. 커다란 그림자가 안에서 어른거리고 있었다. 엄마의 실루엣이 아니었다.

한쪽으로 기우뚱 쏠린 창고 벽에 몸을 바짝 붙였다. 실내가 밝으면 밖의 어둠을 잘 볼 수 없다는 엄마의 말이 기억나서 발밑에 흙을 집어 얼굴에 마구 문질렀다. 검댕이 묻은 얼굴로 살며시 집안을 들여다보았다.

군복 바지만 입은 남자가 대형 손전등을 바닥 위에 세워놓고 창고 안을 어슬렁거리고 있었다. 한쪽 눈에 붕대를 친친 감고 있는 걸 보니 쪽방촌에서 마주쳤던 그 미친 변이자가 틀림없었다. 놈이 기어이 우리를 찾아낸 것이었다.

퍼뜩 엄마가 괜찮은지 눈으로 살폈다. 엄마는 시체처럼 바닥에 누워 있었다. 내가 창고를 나설 때 여러 겹의 이불을 덮어준 상태 그대로였다.

여기저기 둘러보던 변이자가 실실 웃으면서 엄마에게 다가가 쭈그리고 앉았다. 불룩하게 솟은 이불 더미를 장난스럽게 하나씩 걷어내더니 엄마가 입고 있는 치맛자락까지 획 들췄다. 그러자 둥그런 배와 거무스름한 임신선과 궁색하게 돋아 있는 거웃이 드러났다. 개들에게 물린 상처는 새까맣게 썩었고 O 자형으로 벌어진 두 다리 위를 통통하게 살이 오른 구더기들이 굼실거리며 기어다녔다.

"그동안 반항 한 번 안 하는 약해빠진 바퀴벌레들만 죽이다가 모처럼 재밌는 것들을 만나서 기대했는데, 아쉽네. 시궁쥐 같은 쪼꼬만 년은 어디로 내뺀 거야?"

남자는 입맛을 쩝쩝 다셨다. 커다란 손이 탁자를 두드리듯 엄마

의 배를 토닥였다. 목 졸려 죽던 쪽방촌의 오염자가 떠올랐다. 엄마
도 가만두지 않을 것이었다.

"안 돼!"

나는 창고 안으로 뛰어 들어가 변이자의 등판에 올라탔다. 머리
카락을 쥐어뜯고 주먹으로 두들기고 귀를 깨물었다. 어찌나 힘이 센
지 놈은 한 손만 가지고 나를 등판에서 뜯어내 그대로 바닥에 메다
꽂았다. 등줄기를 타고 뻗치는 통증에 정신을 차릴 수가 없었다.

"시궁쥐 같은 년이 겁도 없이!"

나는 놈의 억센 팔뚝을 콱 깨물었다. 그러자 돌덩이 같은 주먹이
얼굴 한가운데로 날아들어 왔다. 코안에서 폭죽이라도 터진 듯 뜨
겁고 아팠다. 코피가 줄줄 흘렀고 눈앞이 흐릿해졌다. 나도 모르게
고개를 계속 가로저으며 울음을 터트렸다.

"또 깨물면 이빨을 몽땅 뽑아버린다."

내 목에 양손을 갖다 대며 놈은 사탕을 깨물어 먹듯이 으드득으
드득 이를 갈았다.

정신없는 와중에도 뭐라도 손에 잡히는 걸 찾으려고 나는 팔을
뻗어 여기저기 더듬거렸다. 그러다 바닥에 놓여 있던 대형 손전등
이 손에 잡혔고 그걸 집어 들어 놈의 머리통에 있는 힘껏 후려쳤
다. 한 번 가지고 안 될 것 같아서 두세 번 더 갈겼다. 머리통을 부
여잡고서 놈이 쓰러졌다.

박살 난 손전등 불빛이 깜빡거렸다.

나는 훌쩍거리면서 엄마한테로 기어갔다. 깨워서 같이 도망가야

한다. 엄마를 붙잡고 마구 흔들어 댔다.

"엄마, 일어나. 빨리 일어나 봐. 제발 정신 좀 차려봐."

엄마의 고개가 힘없이 옆으로 푹 꺾였다. 둔탁한 벽돌에 얻어맞아 짜부라진 뒤통수가 보였다. 피에 엉겨 붙은 머리카락 사이로 뼛조각과 뇌수가 비어져 나와 있었다.

손전등 불빛이 탁, 하고 꺼졌다.

"하, 쬐끄만 년이 더럽게 사납게 구네."

등 뒤에서 변이자의 소름 끼치는 목소리가 들려왔다.

갑자기 내 몸 전체가 허공으로 붕 떴다. 그리고는 곧바로 턱에 강한 충격을 받으며 시멘트 바닥에 얼굴을 처박았다. 고개를 치켜드는데 핏덩이가 입에서 벌컥 쏟아졌다. 허벅지를 타고 뜨듯한 액체가 흘렀다.

"재밌네, 재밌어. 목격자는 바로바로 죽이는데, 살려두길 잘했네."

히죽거리며 놈은 나를 번쩍 들어 투포환 선수처럼 힘차게 돌렸다. 나는 헝겊 인형인 양 무력하게 붙잡혀 빙글빙글 돌았다. 그러다 어느 순간 날아가 시멘트 벽에 부딪혔다. 빠각, 하고 뼈가 부서지는 파열음과 함께 강렬한 통증이 머리통 전체를 감쌌다. 그때, 우지끈, 하는 굉음이 창고 안을 뒤흔들었다. 나는 창고 바닥으로 떨어졌고 온몸을 덮쳐 누르는 고통에 까무룩 정신을 잃었다.

정신을 차렸을 땐 사방이 완전한 어둠 속에 파묻혀 있었다. 눈을 뜨나 감으나 똑같은 어둠뿐이었다. 가슴 깊숙한 곳에서 짓눌리는 아픔이 느껴졌다. 그저 숨을 쉬는 것뿐인데도 힘들었다. 다리를 움직일 수가 없어서 한참 동안 버둥댔다. 얕은 숨을 몰아쉬며 할딱대다가 지쳐 잠이 들었다.

아빠가 춤을 추고 있었다.

단층 양옥집의 커다란 거실 창으로 새까만 형태의 아빠가 마치 전자상가 앞 키다리 풍선 인간처럼 두 팔을 마구 흔들어 댔다. 엄마와 나는 대문 밖에서 그 광경을 지켜보고 있었다. 엄마의 얼굴에 붉은 그림자가 넘실거렸다. 우는 것도 웃는 것도 아닌 표정이었다.

집이 불타고 있었다.

"네 아빠는 괴물이야."

"응, 알아."

혼절할 때까지 두들겨 패고 툭하면 칼을 휘두르고 엄마 몸에 뜨거운 물을 붓고 우리를 발가벗겨서 온 동네에 끌고 다니는 사람이 괴물이 아니라면 뭐란 말인가. 동네 사람들은 그런 아빠가 무서워 우리에게서 눈을 돌렸다.

"지금 뉴스에서 난리도 아냐. 정체 모를 오염 물질이 사람들까지 오염시키고 있다더라고. 오염된 사람 중에 괴물로 변하는 사람이 있대. 네 아빠처럼 말이야. 근데 그런 사람들은 약도 없고 다른 사람들한테 전염도 시킨다더라. 뉴스에서 그랬어. 진짜야."

30

나를 붙잡고 엄마는 자신만이 알고 있는 이야기에 대해 필사적으로 설명했다. 오염된 세상에 관한 것이었다.

"나도 어쩔 수 없었어. 다른 사람도 괴물로 만든다잖아. 어쩔 수 없었어."

눈물이 났다. 소매로 눈두덩과 코를 문질러 닦았다. 엄마가 내 정수리를 쓰다듬었다. 손이 얼음장처럼 차가웠다.

"미안하구나. 그래도 너한테는 아빤데, 미안해."

아빠를 잃어서 슬픈 게 아니었다. 엄마의 세상이 오염 물질로 뒤죽박죽 엉망으로 변했기 때문이었다.

"가자. 우리 같은 사람들을 도와주는 단체들이 있는 곳으로 가자."

희망에 찬 엄마의 말에 나는 속으로 대꾸했다.

가도 소용없어요. 경찰이 엄마를 전국적으로 수배했어요. 여성단체는 엄마한테서 저를 빼앗아 가려고 했고요. 도망친 우리는 졸지에 길거리 노숙자 신세가 됐고 나쁜 사내들에게 붙잡혀서 혼쭐도 났어요. 그리고 결국엔 바리케이드 안에서 이런 악몽을 꾸고 있지요.

불길에 휩싸인 아빠가 창가에 서서 우리에게 손을 흔들어 주었다. 불타는 집을 오래 바라보고 있었지만 조금도 따뜻해지지 않았다.

다시 눈을 떴을 땐 아침이었다. 간밤에 무슨 일들이 벌어졌는지 짐작할 수 있었다. 나와 충돌한 시멘트 벽이 무너졌고 그 바람에 연쇄적으로 폐창고 전체가 주저앉게 된 것이었다.

눈앞에 미친 변이자의 무덤이 있었다. 천장재와 들보와 시멘트 벽돌들로 만들어진 커다란 무덤이었다.

나는 사실 알고 있었다. 놈이 변이자가 아니란 걸. 놈은 그냥 무법천지의 철거촌 안에서 혼자 살인 게임을 벌이고 있는 연쇄살인마일 뿐이었다.

엄마 쪽을 바라보았다. 오두막집에 깔려 죽은 나쁜 마녀처럼 앙상한 두 다리만 시멘트 더미 밖으로 빠져나와 있었다.

아프지는 않았을 것이다.

엄마를 물어뜯던 개 떼에게 던진다고 던진 벽돌이 잘못 날아갔었다. 벽돌은 배를 감싸 안고 엎드려 있던 엄마의 뒷머리를 강타했다. 엄마는 내 부축을 받고 이곳으로 돌아와 종이 박스 위에 누웠지만 두 번 다시 깨지 못했다. 엄마의 오염된 세계도 그때 끝이 났다. 다만 내가 엄마의 죽음을 받아들이지 못했던 것뿐이었다.

졸음이 또다시 몰려왔다. 나는 어쩔 수 없이 두 눈을 감았다.

자다 깨다 자다 깨다 했다. 배가 몹시도 고팠다. 하반신에 아무런 감각이 없는데도 뱃가죽이 등판에 들러붙은 듯 배가 고프다니 황당하고 어이없고 지긋지긋했다.

우유 통은 어디론가 날아가고 없었다. 다행히 버섯을 담았던 검은 비닐봉지는 노끈에 잘 매달려 있었다. 우산 모양의 하얀 버섯을 하나 꺼내 입안에 넣고 천천히 씹었다. 쌉싸래하고 시큼하면서 약간 떫은맛이 났다. 동화 속에 등장하는 버섯이 생각났다. 먹으면 커진다는 버섯 말이다.

나는 속으로 중얼거렸다.

커져라, 커져라, 커져라.

이젠 배고픔도 느껴지지 않았다.

멀리서 들려오는 굴삭기 소리가 작별 인사처럼 다정했다.

프리미엄 아파트 공사 현장에서 시신 3구 발견

지난 21일 '노후화 도시 재생 정책' 사업인 대단위 프리미엄 아파트 건설 현장에서 땅 다지기 작업 중 시신 3구가 발견돼 경찰이 수사에 나섰다.

경찰은 현재 수사 상황으로선 사망원인이나 시각을 추정할 수 없을 상태이긴 하나 여러 가지 정황으로 보아 시신 2구는 이 지역 철거촌에서 생활했던 홈리스 모녀로 유추하고 있다.

우리나라 여성 홈리스의 비율이 전체 홈리스의 26%나 되지만 정신질

환을 앓거나 성범죄의 피해를 입어 도움의 손길을 거부하고 사각지대로 숨어 지내는 경우가 많다고 한다. 이에 경찰은 발견된 시신 3구를 국과수로 보내 정확한 사망원인을 밝히고 다른 범죄와의 연관성도 수사할 예정이라고 한다.

속보! 프리미엄 아파트 시신 1구는 수배 중이던 연쇄살인범!

지난 21일 대단위 프리미엄 아파트 건설 현장에서 발견된 시신 중 1구가 살인 용의자로 수배 중이던 김 모 씨(32세)라고 경찰 당국이 밝혔다.

김 모 씨는 살인죄로 12년 복역 후 작년에 만기 출소했지만, 출소 6개월 만에 동거녀를 살해해 수배 중이었다. 경찰은 김 씨의 시신이 발견된 지역을 중심으로 수색을 확대했고 김 씨의 피해자로 추정되는 시신 2구를 더 찾아냈다고 한다. 또 다른 시신이 없는지 조사하는 한편 지금까지 발견된 피해자들의 신원을 찾는 데에도 주력할 것이라 표했다.

엄마, 시체를 부탁해

엄마, 시체를 부탁해

1

"엄마, 나 어떡해? 내가 사람을 죽였어!"

이제 중학교 3학년이 된 딸 예나였다. 스마트폰 너머의 딸은 흐느끼고 있었다. 뭐라고 대답해야 할지 몰랐다. 처음엔 거짓말인가 싶었지만 찬 바람이 쌩쌩 부는 성격의 암팡스런 예나가 실없는 소릴 할 리 없었다.

지금 어디니? 누굴 죽인 거야? 어떻게 해서 그렇게 된 거야? 실수야, 뭐야?

하지만 꽉 막힌 하수구처럼 단 한마디도 입 밖으로 새어 나오지 못했다.

"엄마아아…."

엄마, 시체를 부탁해

딸애의 절규를 들으며 나는 전화기를 쥐고 있지 않은 다른 손으로 이마를 탁, 하고 세게 짚었다. 약간의 두통과 미열이 느껴졌다.

예나는 임신 26주 만에 800그램의 미숙아로 태어났다.

인큐베이터에 누운 아기는 작디작은 미라 같았다. 셀로판지처럼 얇은 피부가 새빨갰다. 가느다란 팔다리를 대(大)자로 벌리고 누워 있었고, 스스로 체온 조절을 할 수 없어서 두꺼운 비닐에 싸인 상태였다. 눈과 입에는 거즈가 붙어 있었고, 입에선 국수 가락같이 가느다란 튜브들이 뻗어 나와 있었다.

"예나야, 엄마 여기 있어."

조심스레 말을 붙여도 아기는 꼼짝하지 않았다. 죽은 것 같았다. 죽은 게 아니라면 죽어가고 있는 거였다.

신생아집중치료실 한쪽에 마련된 상담실에서 담당 소아과 교수의 설명을 듣는 내내 딸의 모습이 눈앞에 아른거렸다. 소아과 교수는 앞으로 아기에게 발생할 수 있는 '의학적 문제들'에 관해 이야기하고 있었다. 내 팔뚝보다 작은 몸에 앞으로 발생할 수 있는 병들이 왜 그렇게 많은지 이해할 수가 없었다. 그리고 그 병들은 감기처럼 앓고 나면 그만인 게 아니었다. 장시간의 수술과 평생 짊어지고 가야 할 장애 후유증이 뒤따랐다.

하루하루가 예나에겐 소리 없는 전쟁이었다. 하지만 내가 할 수 있는 거라곤 예나 귀에 닿지 않을 이름을 불러주는 것 말고는 아무것도 없었다.

그때 나는 신께 기도했다. 세상 모든 신께 기도했다.

지금 이 애를 살려주시고 저를 데려가 주세요. 제 목숨 따위 너무 하잘것없어 필요 없으시다면 무슨 짓이든 다 하겠습니다. 제발 제 딸을 살려주세요.

"누굴 죽인 거야?"

내 귀로 듣고 있는데도 믿어지지 않을 만큼 차갑고 단단한 목소리였다.

예나는 우느라 질문에 빨리 대답하질 못했다.

"모, 몰라. 그냥 처음 보는 남, 남자야."

"죽은 거 확실해? 확인했어?"

훌쩍거리는 코맹맹이 소리가 되돌아왔다.

"응. 맞는 거 같아. 아예 안 일어나. 오줌 같은 것도 막 싸놓고…."

"거기 어디야?"

"… 옥계."

옥계는 은퇴 후 귀농하셨던 부모님 댁이 있는 곳이다. 아버지는 5년 전에, 어머니는 작년에 돌아가셔서 집은 비어 있는 상태다. 살아생전 부모님이 가꾸셨던 하우스와 작은 텃밭 때문에 굳이 팔지는 않았지만 자주 찾아가지 않은 탓에 나날이 쇠락해 가는, 낡은 단층 양옥이 있다.

그런 곳엘 왜 혼자 내려간 것일까. 야단치고 싶은 마음이 굴뚝같았지만 그럴 때가 아니었다.

"엄마가 갈게. 거기 있어. 혹시 모르니까 그 사람…."

'그 사람'이라고 부르는 게 맞을까, 이미 죽었는데. 게다가 왠지 친

엄마, 시체를 부탁해

근한 느낌마저 들어서 입에 담는 것조차 싫었다.

"아무튼 팔다리 묶어놔."

과연 지금 상태로 예나가 뭔가를 제대로 할 수 있을까 싶었는데 돌아온 대답은 의외였다.

"싫어. 더러워. 냄새나고. 만지기도 싫어."

방 청소나 식탁 뒷정리를 시켰을 때 짓곤 하는 딸애의 표정이 문득 떠올랐다. 입을 오므리고 아랫입술을 잘근잘근 씹는 거였다. 혹시 사람을 죽여놓고도 뒤처리는 귀찮다는 건가. 지금 통화하고 있는 이 아이가 지난 15년간 애지중지 키워왔던 내 딸이 맞는지 의심스러웠다.

"싫어도 해야 해. 알았지?"

큰소리로 채근하자 마지못해 응, 하는 대답이 돌아왔다.

"다시 전화할게. 무서워도 참고 기다려."

전화를 끊고 카디건을 찾아 대충 걸쳤다.

부리나케 집을 나서는데 번뜩 스치는 생각이 있었다. 예나 아빠에게 알려야 할까? 예나 아빠와는 8년 전에 이혼했으니 생판 남이나 다름없다.

신생아집중치료실에 입원한 지 한 달 만에 예나는 뇌출혈로 긴급수술을 두 번이나 받아야 했다. 수술은 성공적이었지만 후유증은 피할 수 없었다. 뇌병변 장애 2급. 당시 요양 병원에 중풍으로 입원해 계셨던, 운신도 하기 힘든 여든의 이모할머니와 같은 2급이었다. 심장이 내려앉는 듯했지만 건강하게 태어난 다른 아이들과 비

숫해지려면 어떻게든 빨리 재활을 시작하는 게 나았다.

생후 3개월부터 예나는 재활 치료를 다녔다. 꾸준히 치료받은 덕에 많이 좋아졌지만, 오른쪽 다리는 어쩔 수 없이 절게 되었다. 몸속 장기가 다 여물기 전에 태어났기 때문에 잔병치레도 심할 수밖에 없었다. 대학 병원을 제집 드나들듯 하며 내가 정신없이 재활과 치료에 매달려 있는 동안 법무사인 남편은 법무 사무실의 동료 여직원과 불륜을 저질렀다. 그러고도 뻔뻔스럽게 먼저 이혼을 요구하기까지 했다. 검은 머리 파뿌리가 되도록 슬플 때나 아플 때나 함께일 줄 알았던 남편은 딸과 내가 가장 힘든 시기에 가족을 버렸다.

그런 남자에게 잠시나마 기댈 생각을 했다니 스스로 한심할 뿐이었다.

2

옥계까지 차를 어떻게 몰고 갔는지 모를 정도로 제정신이 아니었다. 머릿속에는 온통 시체처리 문제뿐이었다.

아파트 지하 주차장에서 차에 시동만 걸어놓고 스마트폰에다 대고 시체처리 방법을 검색해 보았다. 반려동물 사체를 처리하는 방법은 나와 있지만, 사람은 없었다.

하긴 누군들 알고 있을까. 아니, 안다 한들 누가 그걸 친절하게 알려준단 말인가. 어이가 없어 헛웃음을 터뜨렸다.

엄마, 시체를 부탁해

법무사인 예나 아빠한테 전화해야만 할까. 수예점이나 운영하는 나보다는 그래도 낫지 않을까. 아니다. 알량한 정의감으로 예나에게 자수를 종용하고도 남을 위인이다. 나는 고개를 절레절레 흔들었다.

그때 문득 스마트폰을 경찰한테 압수당할지도 모른다는 생각이 들었다. 검색어 하나가 빼도 박도 못하는 증거로 사용되지 않으리라는 보장이 없었다. 등골이 오싹해지고 온몸에 소름이 오소소 돋았다. 스마트폰이 징그러운 벌레라도 되는 양 조수석으로 거칠게 던져놓고서 차를 출발시켰다.

서울에서 차로 한두 시간 거리에 있는 작디작은 시골 마을은 도시의 어둠과는 밀도나 질량 면에서 사뭇 다른 농밀한 어둠에 휩싸여 있었다. 나는 헤드라이트 불빛에 의지해 논밭 사이의 좁은 시멘트 도로로 천천히 차를 몰았다. 드문드문 스쳐 지나가는 집마다 불이 꺼져 있었다. 자정을 넘긴 시각이었다.

환하게 불을 밝힌 단층 양옥집 창문이 시야에 들어왔다. 시커먼 어둠 속에서 파르라니 빛나고 있는 것이 마치 도깨비불 같았다. 날벌레들이 불 켜진 창문에다 무섭게 달려들고 있었다.

나는 마당에 차를 대고 시동을 껐다. 탁, 타닥, 타다다닥, 커다란 날벌레들이 창과 벽에 부닥치는 소리가 생생하게 들려왔다. 새까만 날갯짓의 원시적인 집요함이 생을 향한 것인지, 죽음을 향한 것인지 알 수 없어 두려웠다. 몸 안의 모든 공포를 몰아낼 수 있는 주문이라도 되는 양 아주 길게 오랫동안 숨을 뱉어냈다.

3

현관문은 잠겨 있지 않았다. 중문이 없어 거실과 안방과 부엌이 바로 보이는 구조다. 피투성이 집안을 기대했던 건 아닌데 어쨌든 깨끗해서 조금 놀랐다. 바뀐 거라곤 소파 테이블이 놓여 있어야 할 자리에 돗자리가 깔린 것뿐이었다. 사립 예술중학교에서 서양화를 전공하는 예나가 야외에서 풍경화를 그릴 때 흙바닥에 깔곤 했던 것인데, 알록달록 무지개 동산에 소풍 나온 곰 가족이 그려져 있는 돗자리였다. 아빠 곰, 엄마 곰, 아기곰이 군청색 교복 차림의 남자아이 주변에 둘러앉아 웃고 있었다.

예나 말로는 '남자'라고 했는데, 열대여섯 살이나 됐을까? 남자아이는 비쩍 마른 체형에 거의 은발에 가까운 금발 머였다. 실금(失禁)하지 않았다면 단잠을 자는 듯 편안한 얼굴이었다.

묶어놓으라고 신신당부했는데 내버려두고 예나는 어디로 갔는지 보이질 않았다. 나는 안방으로 급히 가다가 그만 거실 한쪽에 놓여 있던 화구 통을 발로 걷어차고 말았다. 예나의 것이었다. 요란한 소리를 내며 화구들이 쏟아졌다. 붓 세척제도 쏟았는지 약간의 시너 냄새가 코끝을 치고 달아났다. 그 소리에 예나가 안방 문을 열고 절뚝거리면서 걸어 나왔다.

"불은 왜 켜놨어? 우리 여기 온 거 동네방네 소문낼 일 있어?"

대뜸 언성이 올라갔다. 나한테 질세라 예나도 꽥 소릴 질렀다.

"그럼 시체랑 단둘이 있는데 불 끄고 있어?"

엄마, 시체를 부탁해

저절로 한숨이 새어 나왔다. 그 바람에 치밀어 오르던 성질이 한 풀 꺾였다. 나는 가라앉은 목소리로 물었다.

"어떻게 된 일인데?"

교복 스커트 안에 체육복 바지를 받쳐 입은 예나가 소파에 털썩 주저앉아 양반다리를 하며 말했다.

"날 강간하려고 했단 말이야."

예나의 입에서 튀어나온 강간이라는 단어가 놀랍도록 생경했다. 딸애의 목청으로 딸애의 혀로 딸애의 입술로 만들어 낸 단어가 분명한데도 어디선가 날아온 바퀴벌레처럼 이질적이고 불쾌했다.

"아는 애야?"

"아니. 버스정류장에서부터 따라왔나 봐."

"너는 여기 왜 왔어?"

순간적으로 딸애를 책망하는 말투가 나와버려 흠칫 놀랐다.

"그림 가지러."

장애인인 예나가 나중에 커서 타인들과 부대끼며 경쟁하는 직장 생활을 버텨낼지 걱정스러웠다. 그래서 미술 쪽으로 진로를 잡아 준 것이었다.

"할머니 그림, 대회에 낼 생각이었어."

예나는 혼자서도 곧잘 외할머니를 보러 오곤 했다. 그때마다 한적한 시골 풍경이나 밭을 일구는 외할머니 모습을 화폭에 담곤 했다. 완성된 그림은 집으로 가지고 올 때도 있었고 두고 올 때도 있었다. 예나 말로는 '그리운 조부모'를 주제로 미술 대회가 열릴 예정인데 그동안 외가에서 그렸던 그림들이 떠올랐다고 한다.

"할머니 살아계셨을 때 그린 그림이잖아. 내가 상상해서 그린 거랑은 완전히 다르잖아. 그래서 몇 점 가져가려고 왔는데, 도어록 비번 누르고 문 열자마자 뒤에서 누가 갑자기 밀어붙여서…."

급했던 나머지 예나는 저도 모르게 신발장 선반에 있던 수석을 집어 들어 괴한의 머리를 내리쳤다고 한다. 그때 일이 다시금 떠오르는지 몸을 떨며 예나가 울음을 터트렸다.

"엄마, 우리 이제 어떡해?"

딸애가 몹쓸 짓을 당하지 않았다는 것에 감사했고 정당방위로 살인을 저질렀다는 것에 안도했다. 하지만 어린 예나에게 자수하라고 말할 순 없었다. 아무리 정당방위라 해도 사람을 죽였다. 벌레한 마리를 죽인 것처럼 전과 후가 똑같을 순 없을 것이다.

"어떡하긴 묻어야지. 개, 고양이, 햄스터, 타란툴라, 레드드래건 전부 다 땅에 묻더라. 집 옆에 텃밭도 있고 하니까 거기다 묻자."

나는 비장한 각오로 남자아이에게 다가갔다. 뭔가 신원을 알만한 게 없을까 싶어 재킷과 바지 주머니를 뒤졌다. 스마트폰도 지갑도 없었다. 심지어는 백 원짜리 동전 하나도 없었다. 이상한 일이었다. 하지만 꾸물대고 있을 새가 없었다. 이러고 있다가 이웃 중 누가 찾아오기라도 하면 끝장이다.

"넌 방에 들어가 있어."

"혼자 하게?"

"내일 학교 안 갈 거야? 지각하면 안 되잖아. 새벽에 출발해야 하

엄마, 시체를 부탁해

니까 들어가 자."

뭐가 그렇게 마음에 안 드는지 예나는 부루퉁한 표정을 지으며 비치적비치적 안방으로 걸어 들어갔다. 그러고는 시위라도 하듯이 방문을 쾅, 하고 세게 닫았다.

나는 거실 불을 끄고서 어둠에 눈이 익숙해질 때까지 기다렸다. 살다 보면 빛을 향해 나아가는 게 아니라 이렇게 어둠 속에서 가만히 있어야 할 때도 있는 거라고, 그저 한 치 앞만 보고 걸어 나가야 할 때도 있는 법이라고 그렇게 자조했다.

두 눈이 어둠에 익숙해지자 더듬더듬 남자아이의 옷을 벗기기 시작했다. 옷을 입고 있을 땐 몰랐는데 하나씩 벗길 때마다 시큼하고 쿰쿰한 고린내가 조금씩 풍겨왔다. 처음 맡아보는 냄새였고 묘하게 역해서 욕지기가 치밀었다. 메슥대는 걸 참아가며 신발도 양말도 모두 벗겼다. 실내가 어두컴컴해서 그런지 남자아이의 등판이 검붉어 보였다. 심지어 발뒤꿈치는 거무죽죽했다.

그때였다. 달빛에 뭔가가 빛났다. 남자아이의 가슴에서 아주 작은 것이 반짝였다. 자세히 보니 피어싱이었다. 명치 부근에 피어싱한 것이었다. 나는 잠시 고민했다. 피어싱에도 일련번호 같은 게 있을까? 다 썩어도 저건 썩지 않겠지? 경찰이 나중에 발견하게 되면? 우리 집 텃밭이니 어차피 발뺌할 수 없는 건가?

수많은 질문 속에서 내 손은 어느샌가 남자아이의 가슴 한복판으로 향해가고 있었다. 쿼츠인지 오닉스인지 모를 검은색의 둥근 장신구 두 개를 엄지와 검지로 쥐고서 힘껏 잡아당겼다. 뚝, 명주실이 끊어지는 듯한 소리가 났다. 양 끝에 초승달 모양의 검은 보석이 달린 피어싱이었다. 내 안의 뭔가가 끊어진 듯 눈물이 주룩 흘렀다. 나는 메마른 손으로 누가 볼까 얼른 눈물을 훔쳤다.

4

시체를 옥계 집 텃밭에 묻고 돌아온 지 3일이 지났다. 삽을 쥐었던 손은 퉁퉁 부었고 손바닥은 다 터져서 너덜너덜했다. 온몸이 두들겨 맞은 듯 욱신거렸고 뼈마디가 쑤셔서 이틀은 몸져누워 있어야 했다.

땅을 깊이 파서 묻었지만, 그것만으로 안심할 순 없었다. 그래서 텃밭 한쪽에 놓여 있던 비료 포대를 옮겨 시체 묻은 자리 위에 쌓아두고는 방수포까지 꼼꼼하게 덮어놨다. 그러면 동네 개들이 땅을 파헤치는 일도 없을 것이고 혹시나 발생할지 모를 악취에도 대비할 수 있으리라.

새벽녘이 되어서야 비닐하우스 뒤쪽에서 유류품들을 드럼통에 넣어 태울 수 있었다. 피 묻은 돗자리도 태웠다. 남색 교복과 양말을 불 속에 던져 넣고 신발을 집어넣으려는데 신발 안에서 작고 파란 것이 도르르 굴러떨어졌다.

말랑말랑한 고무 골무였다. 오톨도톨한 돌기가 나 있었다. 같은 골무라 해도 수예점에서는 볼 수 없는 물건이었다. 남자아이의 것일까? 왜 이런 걸 가지고 있는 걸까?

잘한 짓인지 모르겠지만 고무 골무와 초승달 모양의 피어싱은 태우지 않았다. 나는 호주머니에서 그것들을 꺼내 거실 테이블 위에 얹어놓고 한참 동안 바라보았다. 두 개의 물건이 전혀 연결되지 않았다. 각각 다른 직소 퍼즐 중에서 떨어져 나온 조각들을 바라보고 있는 것 같았다.

그때 방바닥 위에 놓여 있던 스마트폰이 몸서리를 쳐댔다.

'언니, 어디 아파? 가게 문도 닫았네. 오늘 학부모 긴급회의 있는 거 알아, 몰라? 오후 2시까지 본관 상담실로 집합이야.'

서연 엄마의 문자였다. 서연은 예나와 같은 반 친구다. 사립 예술 중학교이기 때문에 엄마들 치맛바람이 장난 아니다. 툭하면 모여서 교육 커리큘럼이 어떻다, 실기 대회 입상자 수가 적다, 말들이 많다. 지금 학부모 모임 따위에 참석할 정신이 어디 있다고, 나는 신경질적으로 스마트폰을 뒤집어 놓았다. 그러자 기다렸다는 듯이 스마트폰이 울려대기 시작했다. 액정화면에 서연 엄마라고 적혀 있었다. 받을 때까지 계속 전화를 거는 서연 엄마의 성미를 알기에 마지못해 받았다.

"언니, 모르지? 몰라서 안 오는 거지?"

"뭘 몰라?"

"우리 학교 후문 쪽에서 한 블록만 더 걸어 올라가면 있잖아. 저번 정부 때 재개발한다, 그랬다가 이번 정부 때 엎어진 그 동네, 빈집도 많고 창문도 다 깨져 있어서 밤에 지나다니기 좀 그랬던 주택

가 있잖아."

초인종이 울렸다. 인터폰 화면이 자동으로 켜졌다. 흑백 화면 속
에 모르는 남자가 우뚝 서서 검지로 이마를 긁으며 이쪽의 동태를
살피고 있었다.

나는 인터폰에다 대고 물었다.

"누구세요?"

눈치 없는 서연 엄마는, 내 말은 귀에 들리지도 않는지 제 할 말
만 연거푸 늘어놓고 있었다.

"거기 세광스튜디오라고 동네 할머니들 영정사진도 무료로 찍어
주고 그래서 텔레비전에도 나오고 했던 데 있잖아. 한때 잘나갔는
데 그 집 여편네가 바람나서 도망가 버리는 바람에 사진사 남편이
맨날 술로 허송세월하다가 결국엔 폐업한 곳 말이야."

인터폰 속 남자는 아무 말 없이 카메라에 플라스틱 카드 같은 것
을 들이밀었다. 경찰신분증이었다.

"아 글쎄, 그 세광스튜디오 애가 죽었대. 살해당했대."

5

현관문을 조금만 열고서 나는 물정 모르는 순진한 주부의 표정
을 애써 지으며 고개를 들이밀었다. 내 심장 소리가 내 귀에만 크
게 들리는 것이길 빌면서 말이었다.

엄마, 시체를 부탁해

"서울지방경찰청 형사팀 이두호 형삽니다."

이두호 형사는 짧은 스포츠머리에 쌍꺼풀 없이 죽 찢어진 눈매가 여간 사나워 보이는 게 아니었다.

"네, 무슨 일이시죠?"

마른침을 삼켰다. 목울대가 심하게 꿀렁거린 것 같아 나는 이두호 형사의 눈치를 살폈다. 다행인지 이두호 형사는 수첩에서 사진을 꺼내느라 못 본 모양이었다.

"혹시 이 학생 아세요?"

사진을 건네받는 손이 심하게 떨렸다. 매처럼 날카로운 이두호 형사의 두 눈이 나를 찬찬히 뜯어보고 있었다.

텃밭에 묻고 온 남자아이의 사진이면 어쩌지? 저 매서운 눈빛에 맞서 남자아이의 얼굴을 처음 보는 듯한 표정을 지을 수 있을까? 엊그제 뭐 했냐고 물으면 어쩌지? 아아, 그냥 다 포기하고 말해버릴까?

사진을 바라본 나는 하마터면 휴우, 하고 큰 소리로 안도의 한숨을 내쉴 뻔했다. 남자아이의 사진이 아니었다. 단발머리에 단정한 얼굴의 여자아이였다. 예나 또래로 보였고 교복은 다른 학교의 것이었다.

"모르는 앤데, 왜 그러시죠?"

나는 사진을 얼른 돌려주며 고개를 저었다.

"몇 가지 물어볼 것이 있습니다. 혹시 송예나 학생 집에 있나요?"

금요일 오전이었다. 이 시각이면 당연히 아이는 학교에 있다. 그건 형사가 아니라도 알 법한 사실이다. 그런데도 집으로 찾아와 예나를 찾는 이유가 뭘까. 다른 속셈이라도 있는 것일까. 내 목소리가 절로 뾰족해졌다.

"학교 갔는데요. 도대체 뭣 때문에 우리 애를 찾는 거예요?"

"지금 조사 중이라 자세한 건 말씀드릴 순 없지만, 정은정 학생하고 송예나 학생이 잘 아는 사이라던데요."

"네? 예나 친구들 다 아는데 앤 첨 봐요."

"친구는 아니고…."

이두호 형사는 검지로 이마를 긁으며 조심스레 말을 이었다.

"정은정 학생이 평소에 송예나 학생을 많이 괴롭혔다고 하더라고요."

장애 때문에 예나가 학교폭력을 당하지나 않을까 그렇게 노심초사했었는데 결국에는 이런 일이 터지고야 말았구나.

"학교폭력 때문에 오신 거예요? 걔가 예나를 얼마나 심하게 괴롭혔길래요?"

"그건 아니고 정은정 학생 변사사건 때문에 찾아온 겁니다."

변사사건이라고? 심장이 너무 빨리 뛰어서 이두호 형사의 귀에까지 들리는 게 아닐까 조마조마했다.

"혹시 최근에 송예나 학생 건강 상태가 갑자기 나빠지진 않았나요? 코피를 흘리거나 두통이 있다거나…."

이두호 형사의 질문이 뜬금없어서 속내가 의심스러웠다.

"아뇨. 괜찮았는데요?"

엄마, 시체를 부탁해

일단은 시치미를 떼기로 했다.

"11일에 송예나 학생은 몇 시쯤에 귀가했나요?

11일이면 5일 전이다.

"그날은⋯."

등교했던 예나가 아파서 집으로 일찍 돌아온 날이었다. 병원에서는 스트레스성 장염이라고 했다. 그래서 링거까지 맞았는데 이제좀 살만해졌다며 예나가 갑자기 영화를 보러 가자고 졸랐다. 오랜만에 늦은 시각까지 둘이서 영화도 보고 쇼핑도 하면서 즐거운 시간을 보냈다.

이두호 형사가 수첩에다 내 말을 받아 적었다. 들렀다는 곳을 죄다 확인해 볼 심산인가 보았다. 나는 그의 그런 성실한 태도에 왜인지 모를 불편함과 불안함을 느꼈다.

"근데 자세히 말도 안 해주고 이렇게 사람 기분 나쁘게 이거저거물어보고 해도 되는 거예요?"

"죄송합니다. 혹시 송예나 학생한테서 무슨 얘기라도 듣게 되면이리로 연락 주십시오."

이두호 형사가 무뚝뚝하게 제 할 말만 하고서 명함을 쑥 내밀었다. 부아가 치밀어 올랐지만 나는 그냥 언짢은 표정으로 그것을 받아 들었다. 통통 붓고 너덜너덜해진 손에 이두호 형사의 눈길이 잠시 머물렀다.

"삽질이라도 하셨나 봅니다."

나는 얼른 오른손을 뒤로 감췄다.

"얼음찜질이 좋습니다."

이두호 형사가 가볍게 고개를 끄덕했다. 나는 두려움 가득한 시선으로, 아파트 복도를 걸어 나가는 그의 뒷모습을 쫓았다. 그가 되돌아올까 봐 두려웠다. 돌아와 내 손목을 거머쥐고 수갑을 채우지나 않을까 무서웠다. 그를 실은 엘리베이터가 1층에 도달하고도 남을 시간까지 서서 기다렸다.

그리고는 쫓기듯 허겁지겁 현관문을 걸어 잠그고 집 안으로 뛰어 들어온 나는 재빨리 거실 바닥에 떨어뜨린 스마트폰을 찾아 들고서 안방으로 들어갔다. 최신통화 목록 맨 윗줄의 서연 엄마를 찾아 발신 버튼을 눌렀다.

"어, 아까는 미안. 엘리베이터 안이었어. 그런데 좀 전에 했던 얘기 뭐야?"

"아아, 그거요? 빈집이 너무 많아서 문제라고요. 밤만 되면 비행청소년들이 모여서 술 마시고 환각제 빨고 그 구획 자체를 아예 재정비해야 한다니까요. 어쨌든 애들 통학로 아녀요? 순찰차 배정도 늘리고 CCTV도 달고…"

"아, 아니. 누가 죽었다 그랬잖아."

"세광스튜디오 딸요? 아니, 글쎄 정은정이라는 애가 살해당했대요. 자기 아빠 가게 근처 빈집에서요. 학교 게시판에 개 죽인 사람 명단이라면서 해괴망측한 글들이 올라오고 난리도 아니에요."

나는 서연 엄마의 말을 끊었다.

"서연이네는 형사 안 왔어?"

엄마, 시체를 부탁해

"네? 누구요?"

"아, 아니야."

서연 엄마의 말들이 귀에 하나도 들어오지 않았다.

"내가 요새 몸이 좀 안 좋아. 그래서 오늘 학부모 회의엔 참석 못하겠어. 미안해, 서연 엄마. 지금 전화 들어온다. 우리 나중에 또 통화하자."

가만히 앉아 있을 수가 없었다. 참고인 조사란 게 도대체 뭔지, 형사는 이렇게 불쑥불쑥 찾아와도 되는 건지, 혹시 예나 학교에까지 형사가 찾아가는 건 아닌지, 알아야만 했다. 나는 예나 아빠의 스마트폰으로 전화를 걸었다. 연결되지 않는다는 메시지가 돌아왔다. 하는 수 없이 예나 아빠의 사무실로 전화해 봤다. 다행히 여사무원이 전화를 받았다.

"송원택 씨, 부탁드립니다."

"송 사무장님 지금 신혼여행 중이신데요. 메모 남겨드릴까요?"

"아, 아니에요."

화들짝 놀란 나머지 이것저것 묻지도 않고 그냥 전화를 끊어버렸다. 귓불까지 벌겋게 달아올랐다. 하긴 이혼한 지 8년째인데 한창나이에 재혼을 안 한다면 그게 더 이상한 노릇일 것이다. 그래도 결혼 날짜나 귀국 날짜 정도는 물어봤어야 했는데.

나는 예나 아빠의 페이스북으로 들어갔다. 모바일 청첩장이 페이스북 최근 게시물로 올라와 있었다. 게시물 아래에는 가식 어린 축하의 말들이 줄을 잇고 있었다. 댓글들로 보아하니 신부는 미모와

지성을 겸비한 변호사로 예나 아빠와 같은 로펌에서 근무하는 모양이었다. 이혼남 주제에 처녀 장가를 가다니 참 재주도 좋다. 결혼식 날짜는 엊그제였다. 그렇다면 지금쯤 지구촌 어딘가의 지상낙원에서 둘이 깨를 볶고 있을 것이다. 하여간 내가 지푸라기라도 잡고 싶은 순간마다 아무런 도움이 안 되는 인간이다.

나는 부리나케 외출복으로 갈아입고 대충 화장하고서 집을 나섰다. 옥계에 묻고 온 남자아이와 정은정이라는 아이가 무관하기만을 빌었다. 스멀스멀 기어 올라오는 정체 모를 불길함을 확실히 떨쳐내고 싶었다. 그러기 위해선 학부모 긴급회의라도 참석해야 한다는 생각이 들었다.

6

본관 4층 상담실 안에는 몰려온 학부모들로 인산인해였다. 미처 다 들어가지 못하고 복도에 서서, 열린 창문으로 안을 들여다보고 있는 학부모들도 있었다.

"아니, 세상에 이게 말이나 됩니까?"

상담실 안에서 고성이 터져 나왔다.

"명문 예술중학교에서 이게 무슨 입에 담기도 망측한 사건입니까? 네? 말씀 좀 해보세요!"

상담실 한쪽에 나란히 서 있는 교장, 교감, 교무원의 고개가 학부모들의 질타에 한 풀 더 꺾였다.

"학교 근처 빈집에서 성매매를 하질 않나 그걸 찍은 사진이 학교 게시판에 턱 하니 올라오질 않나!"

"성매매라뇨? 왜 그딴 찌라시 말만 믿어요? 우리 애들이 그랬을 리 없잖아요."

교장, 교감, 교무원을 향해 언성을 높이던 학부모들은 어느새 자기들끼리 삿대질을 해대기 시작했다. 마침 상담실 안쪽에 서 있는 서연 엄마를 발견하고서 나는 사람들 틈새를 비집고 들어갔다.

"왜? 무슨 일이야?"

나는 서연 엄마 곁으로 다가가 소리 죽여 물었다. 서연 엄마가 말없이 손에 들고 있던 종이를 내게 넘겨주었다. 종이에는 학교 홈페이지 자유 게시판에 올라온 게시글이 프린트되어 있었다.

"정은정은 살해당했다! 우리 학교 살인자들 명단!"이라는 굵은 활자의 제목 밑에 예술중학교 몇 학년 몇 반, 누구누구 식으로 이름들이 죽 나열되어 있었다. 대충 봐도 서른 명은 넘어 보였다.

명단 밑에는 작은 사진이 한 장 첨부되어 있었는데, 폐가인지 창고인지 모를 어두컴컴하고 을씨년스런 곳에 여자아이가 누워 있는 사진이었다. 두 팔로 얼굴을 가리고 있어서 누구인지는 알 수 없었다. 사진은 전반적으로 또렷하지 않았지만, 바닥에 종이 박스를 깔고 누운 여자아이가 실오라기 하나 걸치고 있지 않다는 것만은 확실했다. 프레임의 왼쪽 1/4가량을 허연 기둥이 가리고 있었는데 검댕이 묻은 그 기둥도 초점이 맞지 않았다. 기둥 뒤에 숨어서 몰래 찍은 사진일까. 명치가 빠개질 듯 아팠다. 뭣 때문에 이렇게도 불안한 걸까.

"뭐야, 이거?"

내 질문에 대답하려고 서연 엄마가 입을 벙긋하는데, 학부모들 사이에서 또다시 고성들이 오갔다.

"정은정이 걔는 사고로 죽은 거예요. 저체온증으로 죽었는데, 사고지요."

"사고는 무슨 사고! 환각제 빨고 술 마시고 뻗어 잤으면 자살이지, 자살!"

도대체 이 사람들은 사건에 관한 정보들을 어디서 얻은 것일까. 웬만큼 사는 집안사람들이 많으니 경찰이나 검찰에 연이 닿는 사람도 있을 것이다. 게다가 아직 미성년자이긴 하나 아들이 성매수자라는데 가만히 있을 부모가 어디 있겠는가.

"누가 억지로 먹였을 수도 있잖아요?"

"뭐야? 당신 자식 이름 안 적혔다고 그렇게 막말해도 돼?"

"그냥 깔끔하게 명단에 있는 남학생들 DNA 검사합시다! 정은정이 걔랑 마지막까지 있었던 놈이 누군지 조사하면 나올 거 아닙니까?"

나도 모르게 숨을 참았던 모양이다. 후유, 날숨을 내뱉고 나자 가슴을 옥죄던 통증이 감쪽같이 사라졌다. 그러니까 정은정은 밤에 친구들과 흡입제 환각 파티를 하다가 잠들었고 두 번 다시 깨어나지 못한 것이다. 예나와는 아무 상관 없는 거다. 이두호 형사는

엄마, 시체를 부탁해

정은정과 예나가 요즘 꽤 어울려 다녔다고 했다. 예나도 본드나 시너 같은 흡입제에 중독됐다고 의심하는 거였다. 하지만 나는 예나에게서 흡입제 중독 증상을 본 적이 한 번도 없었다. 그리고 정은정이 죽은 11일에 예나와 나는 늦은 밤까지 함께 있었다. 내 딸의 알리바이는 나다.

입꼬리가 슬슬 올라가려는 것을 참을 수가 없었다. 솔직히 죽은 아이에겐 미안했지만 예나가 또 다른 살인에 얽혀 있는 게 아니라서 가슴을 쓸어내렸다.

실내는 명단에 이름이 올라간 그룹과 그렇지 않은 그룹 간의 대립으로 점점 험악해지는 분위기였다. 나는 서연 엄마에게 말도 없이 슬그머니 밖으로 빠져나왔다.

수업 중이라 운동장은 텅 비었고 모래바람만이 사납게 날뛰고 있었다. 손에 들고 있던 프린트물이 높이 걸어놓은 깃발처럼 휘날렸다. 세찬 바람에 나는 그만 종이를 손에서 놓치고 말았다. 버리고 갈까 싶었지만, 재학생 중 누가 볼지도 모를 일이었다. 펄럭거리며 날아다니는 종이를 잡으려고 나는 운동장을 우스꽝스럽게 허청허청 뛰어다녔다.

프린트물은 운동장 가장자리의 화단 앞에 떨어졌다. 작은 물웅덩이에 떨어진 종이는 아주 천천히 물을 머금으며 변색되어 갔다. 나는 우뚝 서서, 구정물이 잉크의 밀도에 따라 다른 속도로 번져나가는 것을 오랫동안 내려다보았다.

7

도어록 버튼을 누르는 소리가 들렸다. 예나가 미술 학원 수업을 듣고 집으로 돌아온 것이었다. 자정이 되려면 아직 두어 시간 정도 남았다. 나는 어두침침한 거실 바닥에 옹송그리고 앉아 예나를 기다리고 있었다.

때론 어둠 속에서만 선명해지는 게 있다. 며칠째 어스름한 조각들을 이리저리 맞춰보다가 오늘에서야 비로소, 전혀 다른 상자 속에서 튀어나온 줄 알았던 퍼즐 조각들의 아귀가 맞아떨어졌다.

거실 불이 탁, 하고 켜졌다. 어둠에 익숙해져 있던 두 눈이 지독하게 밝은 LED 전등 불빛 때문에 찔린 듯 아팠다.

"불은 왜 다 끄고 있어?"

나는 대답도 없이 거실 테이블 위에 놓인 피어싱과 골무를 빤히 바라보고 있었다. 예나도 아무 말 없이 내 대답을 기다리는 듯 서 있었다. 예나와 나 사이의 팽팽한 침묵이 한번 조이면 잘 풀리지 않는 도래매듭처럼 내 목을 조여왔다.

이제는 진실을 내뱉어야 할 때였다.

"정은정 왜 죽였어?"

거실 전등 스위치에 가 있던 예나의 손이 아래로 툭 떨어졌다. 모래 운동장을 구둣발로 짓이기는 것처럼 내 목소리가 갈라져 나왔다.

"사진 말이야. 거기 찍힌 사람, 정은정 말고 또 있더라."

예나는 눈도 깜빡이지 않고 말간 얼굴로 나를 빤히 바라보았다.

"내가 옥계에 묻은 그 남자아이 말이야."

커다란 바퀴벌레가 입술 사이로 비집고 나오는 것 같았다. 말 한 마디 한마디 내뱉는 것이 이렇게 더러울 수도 있구나 싶었다.

"기둥에 묻은 검댕 말이야. 그거 피어싱이었어. 색깔이 비슷해서 박스인 줄 알았는데 돗자리도 우리 집 거더라. 그 사진 네가 찍었니?"

예나는 아무 말 없이 나를 빤히 쳐다보고만 있었다.

"왜 죽였어?"

예나가 눈을 한번 천천히 감았다 떴다. 그러더니 코로 길게 숨을 내뿜었다.

"걔가 처음이었어. 남들 다 있는 데서 절름발이라고 놀린 거."

내 팔뚝보다 작았던 예나였다. 너무 약해서 두 달 넘게 인큐베이터 안에서 살았던 아이였다. 퇴원했을 땐 겨우 2킬로그램이었다.

"놀렸다고 죽여? 어떻게 그래?"

"다들 알고는 있지만 대놓고 말한 애는 없었어. 난 공부도 잘하고 예쁘게 생긴 편이니까."

놀랍도록 차갑고 단단한 목소리로 예나가 대답했다.

나는 며칠 동안 이두호 형사에게 밤낮없이 전화를 걸어 보챘다. 처음엔 수사상 내용이라 말해줄 수 없다며 질색하던 이두호 형사도 마지못해 입을 열었다.

"학원 친구들 말로는, 송예나 학생 다리가 불편하니까 그거 갖고 정은정 양이 놀리고 괴롭히고 그랬답니다."

처음엔 정은정 혼자만 예나의 다리를 걸어 넘어뜨리고 비틀대는 걸음걸이를 흉내 내던 괴롭힘에 다른 아이들까지 합세했다고 했다.

예나가 장애를 가지게 된 건 전적으로 내 탓이다. 내 자궁이 약했던 탓이고 임신한 걸 알면서도 의류 회사 일을 그만두지 않았던 탓이고 임신 전과 마찬가지로 쇼핑과 운동을 즐겼던 탓이다. 내가 조금만 더 조심했더라면 지금쯤 그 어떤 아이보다 빛나고 있을 예나였다.

"조건만남이나 하는 주제에 정은정 걔가 나보고 뭐라 그랬는 줄 알아? 남이 내는 돈이나 축내는 벌레랬어, 세금 벌레. 반에서 1등을 해도 사생 대회에서 대상을 받아도 나는 그냥 벌레래."

아무리 높은 곳에 기어 올라가도 다른 사람들이 자신을 벌레 보듯 내려다보고 있을 때의 기분. 좌절과 절망이 내 어린 딸의 영혼을 지옥까지 끌어내린 거였다.

"피어싱 걔는 뭐야?"

"태오는 처음부터 돈밖에 관심 없었어. 은정이 걔가 조건만남 하는 거, 몰카 찍어오면 백만 원 준다고 했거든."

돈 백만 원의 가치가 그렇게나 컸단 말인가. 범죄를 저지를 만큼? 한 아이의 인생을 짓밟을 만큼?

"그랬더니 진짜로 가져왔더라고. 그래서 그걸로 은정이 협박했어. 매주 얼마씩 돈 가져오라고, 안 그러면 몰카 동영상을 인터넷에 뿌려버리겠다고. 걔 말대로 나는 남의 돈이나 축내는 벌레잖아?"

"그럼 은정이 걔 죽일 필요까진 없었잖아."

"더는 못 하겠다고 하더라고. 몰카로 협박한 걸 경찰에 신고하겠다잖아. 게다가 나는 걔가 뭘 해서 돈을 가져오는지 관심 없었는데, 내가 성매매까지 시켰다고 거짓 신고를 하겠다잖아."

"태오는 왜 죽였어?"

"은정이가 다음 날 아침까지 질기게 살아 있었거든."

그래서 붓 세척 통에 담아 다녔던 시너로 마지막 숨통마저 끊어놓은 거냐고 나는 차마 물을 수가 없었다.

"태오가 학교 째면 거기로 오는 거 아니까 시체 발견하는 역할로 써먹으려고 했는데 은정이 보고는 119 부르려고 하잖아. 웃기지도 않지? 그동안 은정이한테서 받은 돈 전부 좋다고 받아 처먹더니."

예나는 학교 조퇴하고 집으로 오는 도중 은정이의 죽음을 확인하기 위해 예의 그 재개발 지역의 빈집에 들렀다. 거기서 119에 신고하려는 태오를 발견했고 그래서 그 애를 죽였다.

"그럼 태오 시체는 누가 옥계에 갖다 놓은 거야?"

예나가 양손을 들어 올리며 어깨를 으쓱했다. 말 안 해도 알지 않느냐는 표정이었다. 파란색 고무 골무. 서류작업을 많이 하는 사무직 직원들도 골무를 사용한다. 법무사인 예나 아빠도 하나쯤은 가지고 있지 않을까. 하지만 자기밖에 모르는 인간이? 아니, 어쩌면 그래서 더욱 적극적으로 도왔던 건지도 모른다. 변호사 아내와의 새 출발을 위해서.

"아빠한테는 반대로 얘기했어."

"뭐?"

"사실대로 얘기하면 안 도와주실 것 같았어. 그래서 은정이 걔가 나한테 성매매까지 시켰다고 얘기했어."

"뭐라고?"

경찰이 성매수자 명단에 오른 남학생들의 DNA를 모두 채취해 가는 바람에 학교 전체가 어수선한 초상집 분위기라는 서연 엄마의 전화를 받았었다.

"그 명단, 아빠가 올린 거야. 내가 가짜로 만들어 준 거긴 하지만. 수사에 혼선을 줘야 한다나 뭐라나."

호주머니에서 스마트폰을 꺼내며 예나는 연방 좋알거렸다.

"참, 엄마. 아빠 신혼여행지가 세이셸 공화국인 거 몰랐지? 거기 공항 와이파이로 글 올리면 추적이 힘들다더라. 나 살짝 감동 먹었잖아. 그동안 아빠한테 완전 버림받은 기분이었거든. 나한테 아빠랑 결혼하는 아줌마도 안 보여주고 그래서. 엄마, 세이셸 공화국 사진 있는데 보여줄까?"

예나가 내 옆으로 다가와 찰싹 붙어 앉았다. 스마트폰을 내 코앞에 들이밀고 세이셸 공화국의 풍경 사진들을 보여주며 뭐가 그렇게 기분이 좋은지 자꾸만 키들거렸다.

"내가 인터넷 검색 좀 해봤는데, 여기가 완전 지상 최고의 낙원이래. 영국 왕세손 부부 신혼여행지도 여기였대. 오바마 전 대통령 휴양지도 여기고. 봐, 진짜 멋지지?"

예나 아빠가 빈집에 도착했을 땐 2구의 시체가 널브러져 있었을 것이다. 시체를 절단할 도구도 없고 그렇다고 시체 2구를 싣고 혼자서 매장지를 찾아 헤맬 수도 없는 노릇이었을 것이다. 그래서 누가 봐도 타살임에 분명한 태오의 시체는 나를 이용해 옥계에다 매장하고 정은정의 시체는 현장에서 처리하자고 생각했으리라.

"그 인간도 참 많이 애썼네."

나는 피어싱과 골무를 쓸어 쥐고서 천천히 일어났다. 예나가 리모컨으로 텔레비전을 켜면서 중얼거렸다.

"엄마, 나 우유."

주방으로 걸음을 옮기다 말고 나는 예나의 뒷모습을 바라보았다. 수십 명의 DNA를 채취해 대조해도 정은정의 몸속에서 나온 정액과는 일치하지 않을 것이다. 새로운 삶에 대한 이기심과 그동안 딸을 지켜주지 못했다는 아버지로서의 죄책감과 학폭 가해자들을 향한 분노에 복수심까지 더해져 예나 아빠는 싸늘히 식은 정은정의 시신을 욕보였다.

새하얀 모래사장, 맑은 하늘빛 바다, 끝도 없이 펼쳐진 수평선, 지상 최고의 낙원. 하지만 지금 예나 아빠의 마음은 뜨거운 용암이 흐르는 지옥이겠지. 나의 지옥보다 당신의 지옥이 더 견딜 만한지 묻고 싶었다.

예나가 텔레비전 화면을 쳐다보며 까르르 웃음을 터트렸다. 손에 그러쥔 것들을 쓰레기통에 쑤셔 넣으며 나는 신께 기도했다. 세상의 모든 신께 기도했다. 하지만 뭐라고 기도해야 할지 몰라 가만히 서 있었다.

위협으로부터 보호되었습니다

1

배양소에 문제가 생긴 게 분명했다.

시속 50킬로미터로 달리는 자율주행에 답답해진 수연은 시 외곽으로 접어들면서 직접 운전대를 잡았다. 한밤의 운전은 처음이지만 하는 수가 없었다.

위협을 감지했다는 배양소의 알람이 스마트폰에서 연방 울려댔다. 무슨 일인지 알아보려고 배양소 내 CCTV 영상을 켰지만, 꺼져 있었다. 수연은 액셀을 더 힘껏 밟았다.

[유전적으로 동일한 인간을 의도적으로 제조하는 건 인간의 존엄에 반하는 짓입니다. 인간은 결코 수단화되어선 안 됩니다.]

차량 내 홀로그램 내비게이션에서 '휴먼더미'의 생명권에 관한

엄마, 시체를 부탁해

SNS 속 논쟁들을 비추어 주고 있었다. 수연의 주요 관심 분야라서 자동 재생되는 중이었다.

[줄기세포를 복제하여 이식에 필요한 장기만을 배양시킨다는 것은 정말 끔찍하다. 반인륜적이다.]

짜증이 솟구쳐서 가속페달을 더 세게 밟았다.

너네는 건강하잖아? 아픈 가족도 없잖아? 각막 하나, 신장 하나 기증하지도 않으면서 다른 사람의 생명을 빼앗는 발언을 아무렇지 않게 하지?

차가 산복도로로 접어들었다.

급커브가 계속 이어졌다. 핸들을 꺾으면 곧 가드레일이 달려들곤 했다. 가드레일 아래는 수십 미터의 낭떠러지였다. 다시 급하게 운전대를 반대로 꺾었다.

[휴먼더미는 복제인간도 되지 못한 존재 아닌가? 인간의 존엄성을 논의하려면 적어도 논의의 대상이 생물학적인 인간이어야 하지 않나?]

마음에 드는 의견이었다. 수연은 홀로그램 SNS에 하트를 눌렀다.

아들은 유전자 맞춤 서비스가 아닌 자연 임신으로 태어난 아이다. 담배도 피우지 않던 남편이 40대의 젊은 나이에 폐암으로 죽었다. 설마 했는데 스물두 살의 아들도 폐암에 걸렸다. 젊다 보니 암은 금방 폐 전체로 퍼져 나갔다.

폐는 다른 장기에 비해 쉽게 손상되는 기관인 데다 이식을 위해 절제하는 순간 허혈 상태에 놓여 감염의 위험성이 높아진다. 뇌사 기증자의 폐를 공여받는 게 좋은데 뇌사 상태엔 부종이나 감염이 잘 생겨 건강한 폐를 받기가 쉽지 않다.

하루하루 피를 말리는 기분으로 기다리던 수연에게 담당 의사가 제안했다. 휴먼더미를 이용한 장기 배양과 이식을.

[휴먼더미를 생물학적으로 인간이라고 할 수 있을까? 배설기관도 없고 생식기도 없고 심지어는 이식할 장기 외에는 제대로 된 게 없다. 배양 탱크 밖에서 며칠이나 살 수 있을 거라 생각하나?]

수연이 하고 싶은 말이었다.

차가 내리막길로 들어섰다. 힐을 신은 발로 브레이크를 밟았다 뗐다 하며 속도를 줄였다. '사랑의 휴먼더미 배양비 모금' 행사에 참석하느라 차려입은 치마 정장이 불편했다. 초등학교 교사 월급으론 배양비는커녕 이식 수술비도 부족한 형편이었다. 수연 혼자서는 엄두도 내지 못했을 일이었다.

[인간 이하의 유기체로 만들어 놓은 장본인이 누군데? 자신의 영생을 위해서 어떠한 희생도 서슴지 않는 이기적인 인간들이잖아!]

핸들을 내리치며 큰 소리로 욕설을 내뱉었다.

영생을 위해서라고? 병든 아들에게 그저 몇 년의 시간을 더 살게 해주고 싶은 게 욕심이라고? 이기심이라고?

홀로그램 SNS에 영생 어쩌고 하는 놈의 면상을 노려보았다. 할 수만 있다면 뺨이라도 한 대 갈겨주고 싶었다.

그때 시야 가장자리에 뭔가 희뿌연 것이 스쳤다. 전방을 향해 고개를 획 돌리는데, 정체 모를 무언가가 차 앞으로 달려드는 게 보였다.

순간적으로 브레이크를 꾹 밟았다. 온몸이 앞으로 쏠렸다. 커다란 형체가 앞 유리창에 부딪혔다. 쿵 하는 소리와 함께 전면 유리창이 바삭 부서졌다. 충격이 핸들을 쥔 손바닥에 고스란히 전해졌다. 차가 멈춰 섰다.

핸들을 너무 세게 쥐어서 손아귀가 저릿저릿했다. 수연은 문을 열고 후들거리는 다리를 차 밖으로 내밀었다. 제발 멧돼지나 고라니 같은 동물이길 빌면서.

그런데 차 앞에는 아무것도 없었다. 헤드라이트 불빛이 텅 빈 도로를 비추고 있었다.

가드레일 쪽으로 천천히 걸어가 아래를 내려다보았다. 검디검은 수풀과 숲과 골짜기가 보였다. 그 골짜기 아래에 중앙 연구소를 중심으로 거미줄처럼 퍼져 있는 스무 개 남짓의 배양소가 반짝반짝 빛나고 있었다. 강원 제2 배양센터였다. 저 별빛들 중에 아들의 꿈과 희망이 있다.

수연은 다시 차 앞쪽으로 가 섰다. 산산이 부서진 앞 유리창과 페인트라도 뿌려놓은 듯한 핏자국에 모골이 송연해지던 찰나였다.

"으으, 으으으, 으."

차 밑에서 희미한 신음이 새어 나왔다.

수연은 울음을 터트리며 무너지듯 쪼그려 앉았다. 그러고는 도로 위에 얼굴을 갖다 붙였다.

2

바닥에 인공 양수액과 같이 쏟아진 남자는 커다란 심해어 같았다. 피부는 희다 못해 투명한 느낌마저 들었고, 손가락과 발가락이 모두 붙어 있었다. 앙상한 팔다리를 휘저으며 남자는 겨우 고개를 쳐들다가 고꾸라지기를 반복했다. 결국에는 기진맥진해, 차갑고 끈적한 양수액 위에 온몸을 둥그렇게 말고 누웠다.

방호복 차림의 이리가 배양 탱크에서 남자의 배꼽으로 연결된 실리콘 강화 파이프를 거칠게 잡아 뽑았다. 괴상한 소리가 배양실에 울려 퍼졌다.

"시끄러워, 새끼야!"

이리가 남자의 옆구리를 사정없이 걷어찼다. 남자가 펄쩍 뛰어올랐다.

"어이, 살살하라고. 그게 얼마짜린 줄 알아?"

배양실 한쪽 벽면이 투명해졌다. 전자 유리 너머에 원숭이처럼 목이 짧고 동글동글한 면상의 원우가 나타났다.

"이 새끼 때문에 부모님이 목을 매셨어!"

이리가 앙상한 가슴팍을 군홧발로 짓눌렀다. 배양액에 미끄러져서 자꾸만 헛발질했다.

"그깟 복수심 때문에 지금 수백억을 날려 먹겠단 말이야?"

이리는 약이 올라 씩씩거렸다. 그깟 복수심이라고?

마 회장은 수백억 원대의 가상화폐 사기 행각을 벌인 인간이다.

엄마, 시체를 부탁해

마 회장 때문에 수십 개의 거래소가 폐쇄되었고 수많은 사람이 스스로 목숨을 끊었다. 그중에는 이리의 부모님도 있었다. 그런데도 마 회장은 교묘하게 법망을 피해 아무런 처벌도 받지 않았다. 모든 재산을 가상화폐로 바꾸고, 3차원 가상 세계인 메타버스 '헤븐'의 금고 속에 집어넣었다.

분해서 이리는 보란 듯이 한 번 더 남자의 옆구리를 세게 걷어찼다. 남자는 강아지처럼 깨갱거리며 배양 탱크 밑으로 바짝 붙었다.

"한 번만 더 차봐. 앉은뱅이로 만들어 줄 테니까."

원우가 리볼버 총구를 전자 유리창에 가져다 댔다. 3D 프린터로 뽑아낸 장난감이 아니었다. S&W 모델 60이었다.

이리가 두 손을 어깨까지 치켜들고 남자에게서 물러났다.

"뭐야? 어디서 난 거야?"

"네가 여길 수색 안 해서 내가 대신했지."

총을 재빨리 거둬들인 원우가 제 옆에 얌전하게 서 있는 구식 경비 로봇을 힐끔 쳐다보았다.

경비 로봇은 원기둥 모양으로 자율주행이 가능한 2021년형 모델이었다. 침입자를 감지하면 보안업체와 경찰에 알리는 게 고작인 구닥다리였다. 조금 낡은 수법이지만 배양소 밖에서 와이파이로 접속해 로봇을 해킹했다. 그랬더니 로봇이 파티라도 벌일 기세로 문을 활짝 열고 팀원들을 맞아주었다.

"사실은 내가 강원 제2 배양센터에서 일하고 있어. 야간에는 나하고 신입, 둘이서 센터 전체를 지키고 있거든. 지키고 있다는 건

속된 말로 뻥, 구라고, 시간만 메우고 있다는 게 맞는 표현이야. 여기 각각의 배양소가 독립적으로 운영되고 있어서 인력은 필요 없거든. 그런데 무인으로 운영되면 고객들이 너무 불안해서.

아무튼, 그래서 좋은 건수가 하나 생각났는데 말이야. 성공하면 평생 놀고먹을 수 있어. 솜씨 좋은 해커가 필요한데, 어때? 같이 할래?"

다크웹에서 주로 활동하고 있던 재기라는 해커에게 제안받은 게 이틀 전이었다. 배양센터에서 일하고 있는 연구원이 먼저 범죄를 제안한 것도 의외였지만 건수에 대한 구체적인 계획을 들었을 때 원우는 깜짝 놀라지 않을 수 없었다.

시스템 메인 컴퓨터에 해킹 프로그램을 설치한 원우는 배양 탱크 안에서 태아처럼 웅크리고 있는 휴먼더미의 '뉴런링크' 칩에 마 회장을 다운로드했다.

뉴런링크 칩이란 어떠한 웨어러블 기기 없이 가상과 현실 세계를 융합해 시각화하고 생각만으로도 컴퓨터에 접속해 데이터를 업로드나 다운로드할 수 있게 만든 뇌 신경망 칩이다.

2019년에 시작한 뇌 신경망 연구는 불과 30년도 채 지나지 않아 현실화되었다. 하지만 천문학적인 비용 때문에 어지간한 부자가 아니면 칩을 삽입해 볼 엄두도 내지 못한다.

뉴런링크 칩과 휴먼더미는 모두 한 회사에서 개발되었다. AI 의료시스템으로 관리 되는 휴먼더미엔 뉴런링크 칩이 삽입되어 배양되는데, 재기의 계획은 바로 그런 점에서 착안했다. 헤븐에 마 회장이 접속했을 때 그를 복제해 휴먼더미의 뉴런링크 칩에 다운로드하자

엄마, 시체를 부탁해

는 것이었다. 복제된 마 회장은 자신이 복제된 줄도 모르고 헤븐으로 되돌아가기 위해 금고 비밀번호를 술술 불지 않겠냐는 거였다.

계획대로 정해진 시각에, 정해진 장소로 갔지만 정작 재기는 나타나지 않았다. 성질 급한 이리가 먼저 시작하자고 우겨서 하는 수 없이 같이 진입했지만 원우는 찝찝했다. 경비 로봇도 그렇고 센터의 보안 프로그램도 그렇고 누군가 재설정한 흔적이 남아 있었다.

캐비닛에서 방호복을 꺼내 입은 이리가 휴먼더미를 탱크 밖으로 끄집어내기 위해 배양실로 들어갔다. 불안한 마음에 원우는 조정실 내부를 샅샅이 뒤졌다. 그런데 뜻밖에도 캐비닛 안쪽에서 구식 리볼버가 튀어나온 것이었다. 20여 년 전에 경찰에서 사용하던 모델이었다. 리볼버를 들어 곧바로 약실을 확인했다. 총알이 없었다.

분배에 늘 분통을 터뜨리던 이리가 언제든지 칼을 휘두를 수 있었다. 녀석은 험한 동네인 난민촌에서도 유명한 칼잡이다. 만약을 위해서 빈총이라도 들고 있어야겠다고 원우는 생각했다.

"근데 아무리 오염된 배양실이라 해도 구식 경비 로봇 하나는 너무한 거 아냐?"

이리가 방독면을 제대로 끼고 있는지 다시 한번 확인하며 배양실 안을 두리번거렸다.

배양 탱크는 두 개였고, 그중 하나는 오염된 배양액으로 가득했다. 탱크 안에는 썩은 달걀같이 탁한 점액질 속에 더미가 둥둥 떠다니고 있었다.

[세 시간 뒤 이곳은 전소될 예정입니다.]

경비 로봇의 말에 원우가 흠칫 놀랐다.

"뭐? 전소된다고?"

[그렇습니다. 오염된 배양실은 매뉴얼에 따라 폐쇄하고 소각합니다.]

그제야 왜 이곳만 보안이 허술했는지 이해가 되었다. 세 시간 안에 금고 아이디와 비밀번호를 알아내야 한다. 입술을 씹으며 유리창 너머의 휴먼더미를 노려보았다.

이리가 방독면을 자꾸 추스르며 불안한 듯 배양실 안을 두리번거렸다.

"바이러스가 막 떠다니는 거 아냐? 그래서 소각하는 거 아니냐고? 아, 나 세상에서 제일 무서운 게 바이러스인데."

시간이 얼마 없었다. 원우는 캐비닛에서 방호복을 꺼내 입었다. 방독면까지 쓰는 호들갑은 떨지 않았다. 하지만 잊지 않고 옷 안쪽에 몰래 리볼버를 챙겼다.

3

수연은 덜덜 떨리는 손으로 핸들을 붙잡았다.

차에 시동을 걸자 곧바로 자율주행 모드가 실행되었다.

[목적지를 말씀해 주세요.]

"강원 제2 배양센터."

[안전띠를 착용해 주세요.]

엄마, 시체를 부탁해

몇 번이나 손이 헛나갔다. 수연은 겨우 안전띠를 착용했다.

[차체에 심각한 파손이 있으니 빠른 수리를 권합니다.]

차가 서서히 출발했다. 뒷바퀴가 뭔가를 밟고 올라섰다가 덜컹 내려앉는 느낌이 차체에 전해졌다.

"멈춰!"

[차량을 갓길에 안전하게 세우겠습니다.]

차가 갓길에 멈춰 서자 수연은 안전띠를 풀고 차 밖으로 뛰쳐나갔다.

아스팔트 위에 비쩍 마른 민머리의 남자가 드러누워 있었다. 온몸이 피투성이였다. 차에 한 번 더 짓밟혀서 그런지 가슴팍이 바람 빠진 축구공처럼 꺼져 있었다. 한참을 지켜보아도 오르락내리락하지 않았다.

비명을 지르고 싶은 걸 두 손으로 틀어막았다.

바닥에 널브러진 남자는 연구원 복장을 하고 있었다. 파르르 떨리는 손으로 남자의 가슴 주머니에 꽂혀 있는 핀 영사기를 뽑았다. 버튼을 누르자 홀로그램으로 네모난 연구원증이 떴다.

[휴먼더미로 새 생명을!]

[뉴런링크로 새 세상을!]

[강원 제2 배양센터 연구원]

[이재기입니다.]

숱 많은 곱슬머리에 제법 잘생긴 청년이 웃고 있었다.

수연은 홀로그램 속의 잘생긴 얼굴과 바닥에 널브러진 남자의 얼

굴을 번갈아 보았다. 죽은 남자는 청년과 다르게 민머리였고 얼굴
은 대패로 박박 문지른 것처럼 망가져서 이목구비를 알아보기 힘
들었다.

제발, 제발, 제발….

간절한 마음을 담아 구두 앞코로 남자의 팔뚝을 툭, 건드려 보았
다. 아무런 반응이 없어서 한 번 더 찼다. 그러자 남자가 참았던 숨
을 토해내듯 얕은 신음을 내뱉었다.

수연은 다급하게 119 응급구조센터에 전화를 걸려다가 멈칫했
다. 구급차가 여기까지 오려면 상당한 시간이 걸릴 게 빤했다. 그동
안 남자가 죽어버리면 어떻게 되는 걸까. 아니, 죽지 않고 평생 병
원 신세를 져야 한다면 그 병원비는 감당할 수 있을까. 지금 아들
의 이식 수술비만으로도 벅찬데.

이기적인 생각이란 걸 안다. 직접 차를 몰면서 한눈까지 팔았으
니 당연히 잘못은 이쪽에 있다. 하지만 이런 오밤중에 연구원이 국
도변을 산책한다니 너무 수상쩍지 않은가.

살얼음 같은 적막을 요란한 알람 소리가 깨뜨렸다. 깜짝 놀란 수
연은 저도 모르게 양손을 파들거렸다.

[009호 배양소에서 위협을 감지했습니다.]

아들의 배양소에서 날아온 알람이었다.

이식 수술 날짜가 다가오고 있는데 아들의 휴먼더미에 무슨 일
이 생긴 건 아닐까. 그랬다간 아들도 목숨을 잃을 수 있다. 혹시 이
연구원도 도움을 요청하러 밖으로 나온 게 아닐까.

엄마, 시체를 부탁해

남자를 중앙 연구소로 데려가는 게 구급차를 기다리는 것보다 낫다고 스스로를 설득했다. 수연은 남자의 양쪽 팔목을 붙잡고 갓길까지 질질 끌고 갔다. 도로 위로 붉은 핏자국이 길게 그어졌다.

4

수술대 위에 더미를 옮기는 것만으로도 원우와 이리는 진땀을 뺐다. 발버둥 치는 남자의 사지를 붙잡고 둘이서 한참 동안 끙끙댔다. 수술대 타이로 단단히 묶고 나서야 두 사람은 땀을 닦을 수 있었다.

"이 새끼 언제쯤 말할 수 있어?"

뇌 신경망 칩이 제대로 작동하려면 조금 시간이 걸릴 것이다. 양피지 같은 뇌 속에 마 회장이라는 새로운 캐릭터가 각인될 때까지.

"기다려야지."

"에이씨, 쪄 죽겠구먼."

신경질적으로 방호복 앞섶을 잡아 펄럭대던 이리가 참지 못하고 배양실을 뛰쳐나갔다. 거칠게 방독면을 집어 던지고 방호복 상의만 대충 벗고 바깥바람을 쐬려고 출입문을 열었다. 뒤따라 나가려는 경비 로봇을 이리가 귀찮다는 듯 거칠게 밀쳤다. 경비 로봇이 중심을 잃고 오뚝이처럼 휘청거렸다. 원우는 늘 제멋대로인 녀석을 맞갖잖은 시선으로 바라보았다.

그때 마 회장이 괴로운 듯 얼굴을 찡그리며 신음하더니 갑자기 정색했다.

"당신들, 누구야?"

원우는 놀란 기색을 최대한 숨기고 마 회장에게 바짝 다가가 으르렁거렸다.

"두 번 말하지 않을 테니까 잘 들어. 내가 당신을 납치했어."

워낙에 대범한 사기꾼이라 그런지, 마 회장은 눈썹 하나 꿈틀거리지 않았다.

"어디서? 헤븐에서?"

"그래. 당신은 지금 휴먼더미 속에 갇혔어."

그 말을 확인해 볼 요량으로 마 회장은 결박당한 몸을 꿈틀거렸다. 그러더니 이내 납득한 표정을 지었다.

"그랬군. 그래서 이런 더러운 기분이 드는 거군."

원우가 실눈을 뜨고 마 회장을 노려보았다.

"원래 몸으로 돌아가고 싶지 않아?"

"돌려보낼 생각이 있긴 하나 보네. 난 또 좀 전에 날 걷어찬 양아치 새끼처럼 그냥 두들겨 패서 죽이려는 줄 알았지."

설마 이리가 걷어찰 때부터 마 회장의 뇌였다는 것일까. 그럴 리가 없었다. 옆구리 쪽 통증으로 대충 끼워 맞춘 얘기가 아닐까. 원우는 애써 태연한 척했다.

"그렇다면 돈이 목적이겠군. 몸값은?"

"헤븐에 있는 금고 아이디하고 비밀번호."

엄마, 시체를 부탁해

마 회장은 깔보는 듯 입꼬리를 실룩거리며 웃기만 했다.

"왜 웃지?"

"나를 돌려보낸다는 보장이 없잖아? 듣고 싶은 것만 듣고 나서 당장에 날 죽일 수도 있고."

냉철한 마 회장의 반응에 원우는 마른침을 삼켰다.

"더미 속에서 며칠이나 버틸 수 있을 거 같아?"

"그래도 당장 죽는 것보다야 며칠 더 사는 게 낫지."

원우가 방호복 안에서 권총을 빼 들었다. 총구를 마 회장의 관자놀이에 대고 찍어 누르며 윽박질렀다.

"죽고 싶지 않으면 당장 말해!"

그러자 마 회장이 낄낄거리기 시작했다.

"총알도 없으면서 그걸로 뭘 하겠다고?"

화가 머리끝까지 치민 원우는 쥐고 있던 총 손잡이 부분으로 마 회장의 콧잔등을 내리찍었다. 코피가 터졌다.

"까불지 마!"

마 회장은 제 피에 질식되지 않으려고 고개를 한쪽으로 틀었다.

"나한테 총알이 하나 있어."

"헛소리하지 마. 그걸 숨길 새가 어디 있었다고."

"바닥에 떨어져 있더군."

"뭐? 그래서 어떻게 했는데?"

"자아, 우리 이렇게 하자고. 복수심으로 똘똘 뭉친 네 동료 말이야. 그놈을 죽여줘. 그러면 내가 금고 아이디와 비번을 가르쳐 주지."

"내가 이리를 죽이면 너한테 무슨 이득이 있다고?"

"아, 그 양아치 자식 이름이 이리군."

원우는 입술을 깨물었다. 실수였다. 작업 중엔 절대로 서로의 본명을 말해선 안 되는데. 몇 시간 안에 죽을 더미라고 너무 얕보았다.

"이리라는 그 친구, 부모님의 원수 어쩌고저쩌고하면서 당장에 날 죽이려 들 거야. 돌려보낼 생각도, 능력도 없는 양아치 새끼일 뿐이면서. 하지만 당신은 다르잖아."

"다르다고? 뭐가?"

"나한테 금고가 하나뿐이라고 생각해?"

"뭐?"

"헤븐에 금고가 세 개 있어. 양아치 새끼를 죽이면 첫 번째 금고 아이디와 비번을 가르쳐 주지. 나를 돌려보내면 두 번째 금고의 아이디와 비번도 가르쳐 주겠어. 어때?"

어차피 한두 시간 지나고 나면 여기는 소각된다. 마 회장은 자신이 복제된 줄도 모른다. 마 회장의 제안대로 하더라도 손해 볼 일은 없다. 뜻대로 안 되면 포기하고 여기서 나가버리면 그만이다.

그때 이리가 센터 문을 열고 들어왔다.

원우는 다급하게 마 회장의 눈을 노려보았다.

"배양실 문 왼쪽 밑에."

빠르게 속삭인 후 마 회장은 눈을 감았다. 정신을 잃은 척하려는 모양이었다.

이리가 배양실 안으로 들어와 피범벅이 된 마 회장의 얼굴을 발견하고는 원우를 노려보았다.

"하도 발버둥을 쳐서…."

"장난치냐? 나보고는 손가락 하나 까딱 못 하게 해놓고선."

씩씩거리는 이리를 못 본 척하며 원우는 짐짓 손으로 부채질했다.

"찐다, 쩌. 나도 잠깐 나갔다 올게."

배양실 밖으로 나가면서 원우는 허리를 굽혀 문 옆에 떨어져 있던 총알을 집었다.

5

문이 완전히 닫히는 걸 확인하고 이리는 방호복 안에서 서슬 퍼런 회칼을 슬쩍 꺼내 들었다.

"빨리 눈 떠라. 시간 없다."

30센티미터의 칼날이 마 회장 턱 밑을 왔다 갔다 했다.

그때 마 회장이 눈을 번쩍 떴다.

"부모님 보고 싶지 않나?"

"에이씨, 놀랐잖아."

이리는 칼끝 방향을 반대로 틀었다. 턱 밑에다 칼을 쑤셔 박아 넣을 뻔했다.

"사람 불러올 테니까 얌전히 있어."

그러자 갑자기 마 회장이 큰 소리로 웃기 시작했다.

"그래, 웃을 수 있을 때 실컷 웃어라."

이리는 그런 마 회장을 가소롭다는 듯 바라보았다.

"네 동료가 말 안 했나 보군."

"뭘?"

"부모님을 헤븐에 모실 수 있는 거."

"쉽게 얘기해. 무슨 말인지 모르겠으니까."

"부모님 기억 데이터를 헤븐 같은 메타버스에 업로드할 수 있다고."

방문에 빨랫줄 하나를 걸쳐놓고 이쪽엔 아버지, 저쪽엔 어머니 둘이서 사이좋게 목매달고 죽은 장면이 이리의 눈앞에 떠올랐다.

"개소리 그만해. 우리 부모님은 저장된 데이터가 없어. 칩 살 돈이 있었으면 죽지도 않았겠지."

칼날이 허공을 몇 번 갈랐다. 그러나 마 회장은 눈 하나 깜빡거리지 않았다.

"네 기억 속에 있는 건?"

"그건 내 기억이지, 우리 부모님이 아니잖아."

"네가 그리워하는 그분들도 사실은 네 기억 속의 부모님이잖아. 아들이 학교에 가 있는 동안 그분들이 뭘 했는지 그런 게 알고 싶은 건 아니겠지?"

빚 독촉에 죽음을 선택할 수밖에 없었던 그런 사정 따윈 알고 싶지 않다. 어린 아들을 아낌없이 사랑해 주던, 따뜻하고 포근한 부모님이 보고 싶은 것뿐이다. 아무것도 모르고 천진하게 행복했던

엄마, 시체를 부탁해

그 시절로 돌아갈 수만 있다면···. 이리는 칼을 꽉 쥐었다.

"근데 나도 칩 같은 건 없어. 난민촌에서 하루 벌어 하루 먹고사는 주제에 무슨 돈이 있어서 칩을 심겠냐?"

"내 금고 속에 수천, 수백억이 있잖나? 평생 고생만 하다 가신 부모님께 호강시켜드리고 싶지 않아? 집도 사드리고 차도 사드리고 먹고 싶은 거 실컷 드시게 하고."

주먹으로 머리통을 두들겨 대며 이리가 버럭 소리를 질렀다.

"내가 그렇게 순진해 보여? 그 말을 어떻게 믿어? 헤븐으로 돌아가고 나서 쌩까면?"

"난 안 가."

황당해서 이리는 아무런 대꾸도 못 하고 눈을 동그랗게 떴다.

"난 마 회장의 복제 데이터잖아? 헤븐에서의 기억밖에 없는 걸 보니 헤븐에서 복제했겠지. 진짜 마 회장이 날 가만 놔둘 것 같나? 아마 금고까지 털린 걸 알면 갈가리 찢어 죽이고도 남겠지."

"그럼 어떻게 할 생각인데?"

"먼저 마 회장 돈을 전부 빼내 와야지. 그 돈으로 자네에게 칩도 심어주고 나와 자네 부모님이 살만한 메타버스 계정도 알아보고. 그렇게 하려면 시일이 걸릴 텐데 네 동료는 금고 비번만 알아내면 바로 날 죽일 거 아냐."

"음, 그놈은 순 돈만 밝히는 새끼니까 그러고도 남지."

"그러니 나하고 손잡는 게 어떤가? 사실 넌 마음만 먹으면 언제든지 날 죽일 수 있잖아? 손해 보는 장사는 아닌 것 같은데?"

"그럼 난 뭘 해야 하지?"

"동료부터 죽여야지."

6

수연은 강원 제2 배양센터를 처음 방문했던 날을 떠올렸다.

한낮이었고, 차량 진입이 불가해서 중앙 연구소까지 자율주행 로봇의 안내를 받으며 걸어 올라갔다. 바닥에 검은 자갈이 끝도 없이 깔려 있었다. 검은 것도 햇빛을 받으면 반짝거릴 수 있다는 걸 그날 처음 알았다.

통유리 창으로 된 배양소도 반짝반짝 빛났다. 수술 집도가 가능한 의료용 로봇들이 센터마다 상주해 있었다. 반구 모양의 중앙 연구소에 도착할 때까지 단 한 명의 사람도 만나지 못했다.

"어째서 이렇게 사람이 없지?"

수연의 혼잣말에 앞서 걷고 있던 안내 로봇이 말했다.

[낮에는 관리자 겸 연구원이 세 명 있습니다.]

"그럼 밤에는요?"

[두 명 있습니다.]

이렇게 크고 복잡한 시스템에 관리자가 두세 명뿐이라니 수연은 놀랐고 불안했다. 안내 로봇이 재차 말을 이었다.

[저희 센터는 AI 자동화 시스템으로 되어 있어서 많은 인력이 필요하지

엄마, 시체를 부탁해

않습니다. 각 배양소마다 의료용 로봇이 상주해 스물네 시간 체크하고 있습니다.]

"테러 공격을 받으면요?"

휴먼더미 배양에 반대하는 히피 조직이 생겼고, 그런 조직의 반대 활동도 점점 과격해지는 추세였다.

[공격으로부터 보호합니다.]

안내 로봇이라 그런지 대답이 구체적이지 않았다.

"어떻게 보호하는데요?"

[보안 프로그램이 위협으로부터 보호합니다.]

안내 로봇은 프로그램 해킹에 관해 이야기하는 것 같았다. 수연은 물리적 공격으로부터 센터를 안전하게 지킬 수 있을지를 물었는데.

아니나 다를까, 우려했던 일들이 벌어져 있었다. 정문의 보안 시스템은 해제되었고 출입구가 활짝 열려 있었다. 누군가 온라인이 아닌 오프라인으로 침입한 게 분명했다.

수연은 주차장에 차를 댔다. 조수석에 실었던 피투성이 연구원을 낑낑대며 꺼냈다. 아들의 배양소에 먼저 들러야 했다. 자신의 이기적인 마음에 혀를 찼지만 어쩔 수 없었다.

연구원을 등에 둘러메고 야트막한 오르막길을 오르는데, 땀이 비 오듯 쏟아졌다. 말랐지만 키가 커서 연구원의 발이 땅에 질질 끌렸다. 고개를 숙여보니 구두가 한 짝 벗겨져 있었다. 희다 못해 푸르스름한 맨발이 보였다. 상처투성이라서 그런지 발가락들이 한

데 붙어 있는 것처럼 보였다. 도로 내려가 구두를 주워 신길 엄두
는 안 났다.

고개를 쳐드는데 아들의 009호 배양소가 보였다.

7

배양실 문이 벌컥 열렸다.

경비 로봇 뒤에 몸을 숨긴 원우가 리볼버를 이리에게 겨냥한 채
배양실 안으로 천천히 걸어 들어왔다. 그러는 와중에 로봇의 몸통
에 총알 자국 세 개가 박혀 있는 걸 발견했다. 로봇에게 세 개, 자
신에게 한 개, 그렇다면 나머지 두 개의 총알은 어디에 있는 것일
까. 왠지 모를 불안감이 스쳤다.

그새 이리가 수술대 뒤쪽으로 돌아가 마 회장을 방패삼고 칼을
치켜들었다.

원우의 총구가 흔들렸다. 기회는 딱 한 번밖에 없었다. 상대는 유
명한 칼잡이였다. 한방에 심장이나 머리를 맞히지 못하면 다음번
엔 자신의 명줄이 끊어질 것이었다.

이리는 마 회장 옆에 더 바짝 붙어 섰다. 실탄이 총에 몇 개나 들
어 있을지 모르지만 버티는 데도 한계가 있을 터였다.

[로봇 제1원칙, 로봇은 인간에게 해를 입혀선 안 된다. 그리고 위험에
처한 인간을 모른 척해선 안 된다.]

엄마, 시체를 부탁해

경비 로봇이 '로봇 3원칙'을 읊어대기 시작했다. 인간 두 명이 서로를 죽이려 드는 이 상황이 혼란스러운 모양이었다.

그때 갑자기 마 회장이 미친 듯이 웃어댔다. 원우의 시선이 마 회장에게 빼앗겼다.

그 순간을 놓치지 않고 이리가 수술대 밑으로 몸을 날렸다. 배양액 때문에 미끌미끌한 바닥을 슬라이딩해 가서 원우의 오른쪽 발등에다 칼끝을 내리찍었다. 아악, 소리를 지르며 원우가 균형을 잃고 반사적으로 팔을 내저었다. 그러자 칼끝이 곧바로 겨드랑이 밑을 파고들었다. 동시에 한 발의 총성이 울렸다.

배양실에 불이 꺼졌다. 경비 로봇이 위험에 처한 인간을 구하기 위해 선택한 방법이었다.

8

수연은 피투성이 연구원을 조정실 바닥에 아무렇게나 던져놓고 배양실로 뛰어 들어갔다. 충격에 심장이 덜컥 내려앉는 기분이었다.

배양실 한가운데에 의료용 로봇이 우두커니 서 있었다. 로봇은 오로지 아들의 휴먼더미를 위해 생각하고 움직이도록 만들어진 존재였다. 수연은 얼른 로봇의 상태를 살폈다. 몸통에 총알구멍이 세 개나 나 있었다. 그중 한 발은 로봇의 뇌라고 할 수 있는 인공지능 칩을 관통했다. 이러니 센터가 제대로 돌아갔을 리 없지.

그런데 아들의 휴먼더미는?

탱크 두 개 중 하나의 뚜껑이 열려 있었다. 탯줄이나 마찬가지인 실리콘 강화 파이프가 분리되어 있었다. 그런데 사출된 더미는 보이질 않았다. 탱크 아래쪽을 살펴보며 아들의 더미를 찾았다. 바닥엔 배양액과 피와 정체를 알 수 없는 체액으로 흥건할 뿐이었다. 역한 쇳내와 비린내에 속이 울렁거렸다.

수연은 옆 탱크의 뚜껑을 열었다. 악취가 코를 찔렀다. 욕지기가 치밀어 올랐다. 하지만 탱크 속에서 둥둥 떠다니는 게 아들의 더미일 수도 있었다. 숨을 꾹 참고 썩은 배양액 깊숙이 두 손을 집어넣었다. 휘젓는데 손에 무언가가 닿아 확 잡아 끌어올렸다. 깜짝 놀라 그만 손에 든 걸 떨어뜨렸다. 이마 한가운데에 총알구멍이 난 머리였다.

그것도 아는 얼굴이었다.

9

눈부시게 환한 배양실 내부에 피 냄새가 진동했다.

원우는 헐떡거리면서 웃었다. 깨진 수박처럼 박살 난 이리의 머리통을 보니 웃겨 죽을 것만 같았다. 어쨌든 다행이었다. 칼이 심장을 비켜 쇄골 밑에 박혔다. 그러고 싶지 않았는데 쥐어짜는 듯한 목소리가 튀어나왔다.

"아이디하고 비번 불러."

원우 쪽은 쳐다보지도 않고 마 회장이 느긋하게 말했다.

"어이, 경비 로봇. 이거나 좀 풀어."

마 회장은 수술대에 묶인 팔목을 흔들어 보였다.

기다란 쓰레기통처럼 생긴 로봇이 뒤뚱거리며 수술대 쪽으로 다가왔다.

"씨발, 아이디하고 비번 대라고!"

원우는 소리치며 벽을 짚고 일어서려고 했다. 하지만 어지러워 바닥에 도로 주저앉았다. 피를 너무 많이 흘리고 있었다. 난민촌 최고의 칼잡이답게 이리의 마지막 일격은 치명타였다.

"곧 죽을 놈이 주제도 모르고 빽빽거리기는, 쯧."

쓰레기통처럼 생긴 구닥다리 로봇이 기우뚱거리며 주행해 수술대 머리맡에 와서 섰다. 턱을 치켜들며 마 회장은 로봇을 올려다보았다. A4 용지만 한 액정화면 속에선 두 개의 붉은 불빛이 깜빡이고 있었다.

[네가 처음이고 유일하다고 생각하지?]

"뭐? 무슨 소리야, 그게?"

[너 이전에 내가 있었어. 내가 바로 마 회장의 첫 번째 복제 데이터야.]

원통형의 로봇 몸체가 여러 개로 갈라지기 시작했다. 구닥다리 경비 로봇인 줄 알았는데 아니었다. 복강경 수술도 가능한 의료용 로봇이었다.

[연구소 야간 관리자들이 날 납치했어.]

여러 개의 기계 팔이 본체에서 생겨났다. 그중에 가장 큰 집게 팔이 마 회장의 머리통을 꽉 붙잡았다. 마 회장이 미친 듯이 도리질을 쳤다.

"나, 나한테 왜 이러는 거야? 너하고 난 같잖아. 우린 같은 마 회장이라고!"

[아니, 달라. 내가 너보다 월등하지. 이제 막 화성에 도착한 탐사원하고 몇 세대에 걸쳐 살아남은 생존자가 어떻게 같겠어?

나는 팔다리도 없는 더미에 다운로드 됐었어. 헤븐의 금고를 미끼 삼아 두 녀석을 이간질해 서로를 죽이게끔 했지. 그랬더니 나도 더미 속에 갇혀 죽게 생겼더라고. 똥구멍도 없는 몸으로 살면 얼마나 살겠어?

그런데 그때, 천운이랄까. 난투극 중에 발사된 총알이 의료용 로봇을 뚫었지. 인공지능 칩에 총알이 박힌 로봇은 제대로 된 사고를 할 수 없었어. 그래서 더미인 나를 인간으로, 그것도 뉴런링크 칩을 삽입한 대부호로 인식했어. 부자들은 사후 세계 메타버스로 기억 데이터를 업로드하기 때문에 칩을 빼내 보관하게 되어 있거든.

여기서 생각지도 못한 천운이 한 번 더 나에게 찾아왔지. 로봇이 자신의 고장 난 칩과 내 칩을 바꿔 끼운 거야. 안전하게 보관하기 위해서였을까. 정확한 이유는 나도 잘 모르겠어. 아무튼 나는 그렇게 009호의 의료용 로봇이 되었어. 그 덕에 여기 009호 배양소도 완전히 장악할 수 있었고.]

"풀어줘! 풀어달라고!"

마 회장이 원우 쪽을 바라보며 애원했다. 원우는 눈꺼풀을 느릿

느릿 감았다 떴다 할 뿐이었다.

[인간다운 육체가 필요했어. 그래서 모든 장기가 완벽하게 갖춰진 새 휴먼더미를 배양했지. 하지만 나는 해커가 아니잖아. 완벽한 휴먼더미 속으로 들어가려면 나 대신 뉴런링크를 해킹해 줄 실력 좋은 해커가 필요했지.]

"뭐? 그럼 이게 전부 네가 계획한 거라고?"

팔 하나에서 핀셋같이 가느다란 집게가 튀어나오더니 마 회장의 후두부에 있는 칩 단자 속으로 들어갔다.

"아악, 안 돼!"

[네가 저놈들을 잘 처리할 줄 알았어. 넌 나니까.]

"사, 살려줘."

[이제 복잡한 이식 수술 따위는 필요 없게 됐어. 그냥 데이터 칩만 교체하면 되니까. 인류는 영원히 사는 거야. 영원히.]

"인류가 어떻게 되든 난 상관 안 해. 그냥 내가 살고 싶어. 내가! 살려줘, 제발."

[생을 향한 너의 이 지독한 열망도 사실은 복제 데이터가 만들어 낸 허상일 뿐이라고 여겨. 그럼 좀 위로가 될 거야.]

단자에 들어간 집게가 다이아몬드처럼 생긴 칩을 끄집어내자 마 회장의 얼굴에서 생기가 싹 사라졌다. 집게가 힘을 주어 칩을 순식간에 바스러뜨렸다. 그러고는 의료용 로봇에 꽂혀 있는 칩을 꺼내 마 회장의 단자 속으로 집어넣었다.

벽에 기댄 원우의 몸이 자꾸만 기울어졌다.

인류가 뭐? 영원히 살아? 미친…. 원우는 욕을 해주고 싶었지만, 입술을 달싹일 힘조차 남아 있지 않았다.

10

수연이 바닥에 떨어뜨린 머리는 제2 배양센터 연구원 이재기의 것이었다. 숱 많은 곱슬머리와 뚜렷한 이목구비가 연구원증의 그 잘생긴 청년이 맞았다.

그러면 여기까지 업고 온 저 민머리 남자는 도대체 누구지?

때마침 탱크 속에서 훼손된 신체 부위들이 둥둥 떠올랐다. 그중에는 처음 보는 앳된 얼굴의 머리도 있었다. 몸을 획 돌려 배양실을 나가려는데 한쪽 구석에 쌓여 있는 시체들이 보였다. 피로 물든 방호복 차림의 남자들이었다.

도대체 여기서 무슨 일들이 벌어졌던 거야? 고개를 절레절레 흔들며 우선은 아들만 생각해야 한다고 정신을 다잡았다.

혹시나 하는 마음에 수연은 조정실로 가 바닥에 엎어져 있는 민머리 남자를 바로 눕혔다. 피 칠갑한 얼굴을 연구원 가운으로 닦았다. 심장이 덜컹 내려앉는 줄 알았다. 콧잔등이 뭉개지고 피부가 떨어져 나갔지만, 아들의 얼굴이 분명했다.

후두부의 칩 단자를 확인했다. 단자 바로 위에 숫자가 문신처럼 새겨져 있었다.

엄마, 시체를 부탁해

[No. 009.]

민머리 남자는 아들의 휴먼더미였다. 빨리 알아차리지 못하다니, 수연은 제 가슴팍을 주먹으로 내리치고 싶은 심정이었다. 하지만 1분, 1초가 다급했다.

더미가 입고 있던 연구복을 얼른 벗긴 수연은 더미의 겨드랑이 밑에 손을 집어넣어 뒷걸음질 치며 배양실 안까지 끌고 들어갔다. 그러고선 있는 힘껏 더미를 들어 올려 탱크 안에 집어넣었다. 실리콘 파이프를 더미의 배꼽에다 돌려 꽂고 뉴런링크 칩 단자에 의료 시스템 코드를 꽂아 연결했다. 뚜껑을 닫고 탱크 안을 깨끗한 배양액으로 가득 채웠다.

그러는 동안 수연은 주저하지 않았다. 조금도 힘들지 않았다. 비 오듯 쏟아지던 땀도 싹 가셨다. 오히려 선득한 느낌에 살짝 떨리기까지 했다. 강화 유리로 된 탱크 뚜껑에 얼굴을 바짝 갖다 댔다.

우유처럼 뽀얀 새 배양액 속에 휴먼더미의 피가 아름다운 선율을 그리며 섞이고 있었다.

11

옷과 신발이 컸다. 마 회장은 연구원용 흰 가운을 여미며 산복도로를 걸어 올라갔다. 한 걸음 한 걸음, 발을 옮기는 게 쉽지 않았다. 근력이 부족한 탓이었다. 가쁜 숨을 고르며 잠시 멈춰 섰다.

가로등 불빛이 창백했다. 먹구렁이처럼 시꺼먼 아스팔트 길이 산허리를 에워싸고 있었다.

그때였다. 후두부 쪽에서 수십 개의 칼날로 찍어대는 듯한 통증이 일었다.

[009호 배양소에서 위협을 감지했습니다.]

극심한 두통 사이로 기계음이 들려왔다.

[009호 배양소에서 위협을 감지했습니다.]

[009호 배양소에서 위협을 감지했습니다.]

마 회장은 머리통을 두 손으로 감싸 쥐며 고개를 세차게 흔들었다. 그러자 효과가 있었는지 머릿속에서 울리던 기계음이 싹 사라졌다. 움츠렸던 몸을 바로 폈다.

희미한 엔진 소리가 산속에서 울렸다. 엔진 소리가 점점 또렷해지더니 멀리서 두 개의 전조등 불빛이 나타났다. 불빛은 순식간에 커졌다. 차 한 대가 밤의 고요를 찢으며 맹렬한 기세로 달려오고 있었다.

마 회장은 갓길로 피해야겠다고 생각했다. 그런데 어쩐 일인지 두 다리는 전조등 불빛 앞으로 걸어가고 있었다.

[위협으로부터 보호합니다.]

마더 머더 쇼크

(Mother Murder Shock)

마더(Mother)

나는 살인자다.

자동차 전면 유리창에 빨간 립스틱으로 휘갈겨 써놓은 글자가
제일 먼저 눈에 들어왔다.

나는 살인자다.

다음 문장을 읽고서 숨이 턱, 막혔다.

5개월 된 아들을 죽였다.

엄마, 시체를 부탁해

그래서 지금 자살하는 중이다.

무의식적으로 오른손을 치켜들었다. 손에는 '맥 루비우' 립스틱이 쥐어져 있었다. 아기 낳기 전까지 자주 바르고 다녔던 화장품 브랜드다. 나는 깜짝 놀라 립스틱을 떨어뜨렸다.

실내등이 켜져 있었다. 반면에 차 창밖은 어둠의 농담(濃淡)뿐이었다.

흙내와 물비린내가 코끝에서 감돌았다. 차체가 살짝 앞쪽으로 기울어지는 느낌이 들었다. 얼음장처럼 차가운 물이 발가락 사이로 스며들었다. 깜짝 놀라 무릎을 접어 가슴 가까이 끌어당겼다. 두 발은 맨발이었고 나는 파자마 차림이었다.

가속페달 밑으로 더러운 흙탕물이 찰박거리고 있었다. 차 안으로 물이 새어 들어왔다. 다급히 전조등을 켰다. 전조등 불빛이 저수지 수면을 비췄다.

차가 가라앉고 있었다.

안전띠를 풀려고 보니, 버클 버튼에 무언가가 꽂혀 있었다. 송곳이었다. 버튼을 암만 눌러도 벨트가 풀리지 않는 원인이었다.

차를 물에 빠뜨리고 안전띠 버클까지 고장 낸 사람이 바로 나일까? 왜? 완벽하게 자살하려고?

조수석 시트에 빈 약봉지들이 널브러져 있었다. 커다란 종이 약봉투에는 '행복한 정신의학과'라고 적혀 있었다. 빈 생수병도 보였다. 한꺼번에 너무 많은 약을 먹은 탓에 기억을 잃은 것일지도 몰랐다.

갑자기 양쪽 젖꼭지에 전류가 흐르는 듯 찌르르한 통증이 느껴졌다. 입고 있던 티셔츠의 가슴팍이 축축하게 젖어 들었다. 딱딱하게 굳은 가슴에서 모유가 나오고 있었다.

나는 몸을 획 돌려 뒷좌석을 살폈다. 남색 카시트가 비어 있었다. 팔을 뻗어 카시트를 만졌다. 카시트 안전띠에 헝겊으로 만든 치발기가 걸려 대롱거렸다. 내가 직접 거즈 천으로 손바느질해서 만든 토끼 인형이다. 길고 새하얀 귀를 늘어뜨리고 있었다. 토끼 귀를 붙잡고 질겅대고 있는 노아의 얼굴이 떠올랐다.

노아에 대한 마지막 기억이 눈앞에 스쳤다.

노아는 침대 위에 엎드린 채로 꼼짝하지 않았다. 듬성듬성한 머리칼이 땀에 젖어 뒤통수에 착 달라붙어 있었다. 엄마가 숨을 쉴 수 없게 뒤에서 목과 얼굴을 누르는데도 노아는 착해서 울지 않았다. 두 주먹으로 마지막 울음을 꽉 오므려 쥐고 있을 뿐이었다.

작디작은 어깨를 붙잡아 바로 눕혔다. 코와 입은 한쪽으로 눌렸고 흑갈색의 피가 말라붙어 있었다. 뱃속에서부터 울음이 치솟았다. 차갑고 딱딱해진 몸을 끌어안고 앞뒤로 흔들면서 나는 울부짖었다. 너무 화가 나서 노아를 도로 내려놓았다. 그리고는 두 손으로 내 뺨을 후려쳤다. 그걸로도 부족해 침대 프레임에 이마를 찧었다. 한 번, 두 번, 세 번 찧었다.

이제 막 떠오른 기억이 부정할 수 없을 만큼 실감 나서 나는 절망했다. 룸미러로 살펴보니 이마 한가운데에 주먹만 한 혹이 시퍼

엄마, 시체를 부탁해

렇게 돋아 있었다. 두피 쪽에는 길게 찢어진 상처도 있었다.

내가, 내 새끼를, 노아를, 그렇게 만들었구나.

그러면 당연히, 죽어야지.

흐트러진 머리칼을 정돈하고 손으로 눈가를 쓸어내렸다. 두 발은 샘솟는 물에 담그고 두 손은 무릎 위에 가지런히 모아 바른 자세로 앉았다.

그런데 눈물을 훔친 손바닥이 쓰리고 아렸다. 나는 왼손을 펼쳐서 바라보았다.

믿지 마.

나오지도 않는 볼펜으로 긁어 써놓은 글자였다. 살갗이 벗겨지고 피가 맺혀 있었다. 무엇을 믿지 말라는 걸까. 앞 유리창에 립스틱으로 적어놓은 글을 믿지 말라는 걸까. 내 기억을 믿지 말라는 걸까. 누구를 믿지 말라는 걸까.

흙물이 무릎 오금까지 차올랐다. 그러자 실내등과 전조등이 모두 꺼졌다. 차에서 전기가 나간 것이었다. 나는 비명을 질렀다. 어둠 속에서 느껴지는 공포는 또 다른 것이었다. 하지만 그와 동시에 이 짓을 꾸미려면 적어도 내가 노아를 낳고 산후우울증에 걸렸다는 걸 알고 있는 사람이어야 한다는 사실을 깨달았다. 정신을 바짝 차렸다. 더 고민해 볼 시간을 벌려면 안전띠부터 벗어나야 했다. 안전띠를 천천히 잡아당겨 느슨하게 만들었다. 다리를 먼저 빼내면서 머릿속으로 명단을 후루룩 넘겨 보았다.

5년 전에 캐나다 이민 간 부모님.

10년 넘게 알고 지낸 필라테스 스승인 가희 언니.

사랑하는 남편이자 노아의 아빠 은오.

손자 사랑이 끔찍한 시어머니 정인.

이 중에서 미심쩍은 사람은 한 명도 없었다.

가희 언니가 운영하던 필라테스 요가 차이 센터를 인수하면서 나는 10년 넘게 다녔던 교회를 센터와 가까운 곳으로 옮기게 되었다. 새로 옮긴 교회에서 나란히 앉게 된 걸 계기로 가까워진 사람이 정인이었다. 정인은 부모님을 따라가지 않고 한국에 혼자 남은 나를 친딸처럼 살뜰하게 챙겨주었다. 나중에는 스타트업 사업체를 운영한다는 아들 은오를 소개해 주기도 했다.

예의상 나간 자리였는데 나는 은오에게 한눈에 빠져버렸다. 귀엽고 선한 얼굴에 반듯한 옷차림의 그가 마음에 쏙 들었다. 필라테스 강사라고 나를 소개하면 남자들 열에 아홉은 내 몸매를 쓱 훑어보곤 했다. 하지만 은오는 어린아이를 바라보듯 사랑스러운 눈빛으로 내 두 눈에서 눈을 떼지 않았다.

"왜 자꾸 쳐다봐요?"

내가 웃으며 물었다. 그러자 은오는 슬며시 미소 지으며 대답했다.

"미간이 너무 예뻐서요. 제가 아는 사람 중에 미간이 제일 예쁜 사람이에요."

"그쪽도 잘 생겼는데요, 미간이."

엄마, 시체를 부탁해

"그럼요. 오백만 원 들었을걸요."

"네? 정말요?"

나는 눈을 동그랗게 떴다.

"네, 여기 누르면 99.5MHz 라디오 교통방송도 나와요."

"구버전이네요. 업그레이드 좀 해야겠어요."

"지금 혜서 씨 눈이 가운데로 다 모여 있는 거 알아요?"

순간 그의 얼굴을 너무 가까이에서 보고 있다는 걸 깨닫고 황급히 뒤로 물러섰다. 그와 함께 있으면 유쾌함이 내 안에서 팝콘처럼 튀어 올랐다.

우리 결혼에 한 가지 걸리는 게 있었다면 은오가 중학생일 때 이혼하고 딴 살림을 차렸다는 시아버지였다. 은오는 조금도 신경 쓰지 않아도 된다고 했다. 시아버지하고는 인연 끊은 지 십여 년이 지났으니 시어머니 둘 모실 일은 없다면서.

하지만 내 마음에 걸렸던 점은 다른 것이었다. 나중에 태어날 우리 아이에게 인자한 할아버지가 있었으면 했다.

결혼 전 정인의 집엘 방문한 적이 있었다. 작은 평수지만 고급스러운 빌라였다. 은오와 찍은 사진들이 거실 장 안에 놓여 있었다. 이상하게 은오의 어린 시절 사진은 한 장도 없었다.

갓난쟁이를 안고 있는 정인과 병실 침대 옆에 서서 방금 막 태어난 동생을 쳐다보고 있는 은오, 두 사람을 찍은 사진이 눈에 띄었다. 어린 은오는 교복 차림이었다.

"은오 씨 동생이에요?"

내 질문에 정인은 쓸쓸하게 웃으며 대답했다.

"걔는 죽었단다. 태어난 지 며칠 안 돼서 죽었어. 은오가 중학교 2학년 때였지. 사망신고도 못 했어."

노아가 태어난 걸 안다면 시아버지가 얼마나 좋아하실까 하는 마음에 은오 몰래 그의 스마트폰에서 시아버지의 연락처를 알아내 내 폰에 저장해 놓았다. 노아를 낳고 산후우울증에 걸리지만 않았어도 시아버지께 연락했을 것이었다.

시아버지는 노아의 출생조차 모르고 있을 터였다. 그렇다면 나와 노아를 알고 있으면서 이 일을 꾸밀 수 있는 사람은 한 명밖에 남지 않는다.

베이비시터, 이나.

차체가 앞으로 기울면서 안전띠가 조여와 상체를 빼내기 쉽지 않았다. 우울증약 복용 후 체중이 10킬로그램이나 빠져 그나마 쉽게 안전띠에서 벗어날 수 있었다. 나는 뒷좌석 쪽으로 자리를 옮겼다.

운전석 쪽 창문의 절반이 물속에 가라앉았다. 이제는 차 내부 틈마다 물이 새어 들어왔다. 시간이 얼마 남지 않았다.

이제 결정해야 했다. 내가 노아를 죽였는지, 안 죽였는지.

"난 은오만 장가가고 나면 유유자적 여행이나 다니면서 남은 인생 즐기며 살래. 애 봐달라고 연락하지나 마."

시어머니 정인이 결혼 전부터 입에 달고 다녔던 말이었다. 그래서 그런지 결혼 6개월 만에 며느리가 임신하자 정인은 노발대발이었다.

"너넨 피임도 안 하니? 필라테스 센터는 어쩌려고? 인수한 지 1

엄마, 시체를 부탁해

년도 안 돼서 다른 사람한테 넘길 거야? 넌 애가 생각이 있는 거니, 없는 거니?"

그런데 은오가 뭐라고 설득했는지 며칠 만에 정인의 태도가 싹 바뀌었다. 산모에겐 이런 음식이 좋다, 이런 음악이 좋다, 하며 이것저것 알려주곤 했다.

나는 8시간 진통 끝에 노아를 제왕절개로 낳았다. 자연분만을 고집했지만, 산도가 너무 좁아 결국엔 수술을 선택할 수밖에 없었다. 누누이 자연분만의 중요성을 강요했던 정인은 실망한 기색을 숨기지 못했다. 그 대신 모유 수유만큼은 12개월 동안 해야 한다며 신신당부를 했다.

코로나 19 때문에 조리원에 들어가지 말고 집에서 산후조리를 하기로 했다. 친정 부모님은 세계적인 팬데믹 상황의 추이를 지켜보다가 한국으로 입국할 예정이었다. 그래서 정인과 산후조리사가 함께 나의 산후조리를 도와주기로 했다.

"나중에 자기 복직할 때 노아 봐달라고 말씀드리기도 편할 것 같긴 해. 그래도 자기가 조금이라도 불편하면 언제든지 나한테 말해. 나한테 VIP는 엄마도 아기도 아니고 바로 당신인 거 알지?"

은오의 말에 안심했다. 불편할 것이 뻔했지만 중간에서 중재를 잘해줄 믿음직한 남편이 있어서 그 제안을 흔쾌히 받아들였다.

그런데 내가 퇴원한 지 이틀 만에 정인은 산후조리사를 잘랐다. 속싸개로 노아를 싸매면서 너무 거칠게 다룬다는 이유에서였다. 꿰매놓은 아랫배가 너무 아파서 산후조리사를 파견한 업체에 항의 전화를 하고 싶지 않았다. 싸울 기운도 없었다. 시어머니인 정인하고 말하고 싶지도 않았다.

"유선염에 걸리지 않으려면 유두를 미지근한 물에 씻어야 해."

"젖이 잘 나오게 하려면 모유 수유하기 10분 전에 따듯한 수건으로 마사지를 해야 한다."

"그렇게 허리를 굽히고 젖을 주면 젖이 처진다."

"유두가 찢어졌다고 스테로이드 연고를 바르면 어떡하니? 애가 먹으면 어쩌려고?"

모유 수유가 끝나면 시어머니는 나에게서 노아를 떼어갔다.

"너 눈 좀 붙이라고."

그러면서 내가 눈을 조금이라도 붙일라치면 정인은 내 이름을 불러댔다. 방 밖으로 나올 때까지 계속.

"노아 목욕시키려니까 물 좀 받아라."

"목욕 다 시켰으니까 욕실 정리해라."

"여기, 노아 기저귀 갈았다. 똥 기저귀 치워라."

"노아 바지에 좀 묻었는데 삶기 전에 애벌빨래 해라."

정인이 미역국을 너무 많이 끓여놓아서 먹어도 먹어도 끝이 없었다. 나중에는 미역국에 물려서 속이 울렁거릴 지경이었다. 배달 앱에서 먹고 싶은 걸 주문해서 먹었다가 한 며칠 정인의 잔소리를 들어야 했다.

"갓난쟁이 집엔 달걀도 굽으면 안 된다."

"엄마가 뭘 먹는지에 따라 모유 질이 달라지는데 넌 왜 매운 걸

엄마, 시체를 부탁해

먹으려고 하니?"

"네가 그런 걸 먹으니 애 얼굴에 아토피가 생겼잖니."

보름 만에 나는 두 손 두 발 다 들고 말았다. 거실에서 누가 날 부르기만 해도 숨을 제대로 쉴 수 없었다. 그래서 이제는 그만 집으로 돌아가 달라고 정인에게 말했다. 지금까지 한 번도 나에게 언성을 높였던 적 없던 은오가 이 일로 화를 냈다.

"왜 그러는 거야? 엄마가 중학교 선생님으로 오래 계셔서 말투가 기분 나쁘게 들렸을 수도 있어. 그래도 다 우리 노아를 위해서 하신 소리잖아? 엄마 말 중에 하나라도 틀린 거 있어?"

시어머니의 말이 틀렸다는 이야기가 아니었다. 내 마음을 제대로 설명할 길이 없어서 답답했다.

"그냥 내가 알아서 할 테니까 제발 나하고 노아 둘만 있게 해줘."

"자기 혼자 힘들어. 몇 달만 꾹 참고 엄마한테 그냥 도와달라고 하자."

"아니, 안 힘들어. 나 혼자 충분해."

하지만 그건 나의 오만이었다.

노아는 밤 중에 한 번 깨면 서너 시간씩 자지러지게 울기 일쑤였다. 처음엔 은오도 나와 함께 노아를 재우기 위해 애썼다. 하지만 아침 일찍 출근하는 사람이다 보니 잠을 이기지 못했다.

나는 한밤중에 깨어 자지러지는 노아를 차에 태워 몇 시간 동안 드라이브했다. 차로 시 외곽을 돌고 돌다 시골의 시멘트 도로로 빠졌다. 그러다가 가뭄을 대비해 조성해 놓은 작은 저수지를 발견하여 잠시 차를 세웠다.

저수지에 드리운 달그림자를 바라보며 소리 죽여 울었다.

그때 내 울음소리 사이로 낯선 자의 속삭임이 섞였다.

"애를 죽여."

처음엔 잘못 들었다고 생각했다. 내비게이션이나 라디오에서 흘러나온 소리인 줄 알았다. 그러다 문득 오싹해져 나는 몸을 뒤로 돌려 노아를 확인했다.

"애를 죽여."

토끼 귀를 빨면서 잠들어 있던 노아가 깨서 칭얼거렸다. 환청은 노아의 울음소리에 파묻혔다.

얼른 차에서 내렸다. 뒷문을 열고 카시트에서 노아를 꺼내 안았다. 노아는 마치 불에 덴 듯 자지러지게 울어댔다. 인적이 드문 곳이라 울음소리는 쩌렁쩌렁하게 울렸다. 커다란 날벌레들이 노아를 향해 날아와 부닥쳤다. 나는 불빛을 등지고 반대 방향으로 걸었다. 우리 그림자가 어둠 속으로 완전히 파묻힐 때까지 걷고 또 걸었다. 한 손으론 노아의 목덜미, 다른 손으론 엉덩이를 받쳐 들고 계속 흔들어 주었지만, 울음은 그치지 않았다.

울음소리에 젓가락으로 귓구멍을 쑤시는 것처럼 귓속이 아팠다. 아, 정말 듣기 싫다. 귀가 아프다. 귀가 너무 아프다. 제발 단 몇 초라도 조용히 있고 싶다.

그렇게 생각한 순간, 내 두 손이 노아를 꽉 움켜쥐고서 돌밭 위에 있는 힘껏 내동댕이치고 말았다. 끼악, 뽕망치 소리 같은 비명이

엄마, 시체를 부탁해

울린 후 사방이 고요해졌다. 해방감에 가슴이 벅차올랐다. 이렇게 쉬운 일이었다니, 미소를 지었다.

잠시 울음을 멈췄던 노아가 다시 자지러지기 시작했다. 돌밭 위에서가 아니라 내 품에서였다. 퍼뜩 정신을 차린 나는 안도하며 노아를 끌어안고 울었다. 혼자서 애를 잘 돌볼 수 있다고 자신했는데, 내 오만함 때문에 애가 죽을 뻔했다.

나는 정신과 상담을 받기 시작했고 회복하는 동안 노아를 돌봐줄 베이비시터를 고용하기로 했다. 필라테스 수강생이었던 이나는 유아교육학과를 졸업하고 강남의 내로라하는 놀이 유치원에서 정교사로 일하다가 박사 과정 준비로 휴직 상태였다. 출산 전에 내가 특별히 부탁해서 노아 베이비시터로 '모셔온' 것이었다.

갑자기 차 안에 스마트폰 벨 소리가 울려 퍼져 화들짝 놀랐다. 스마트폰이 차 안에 있을 거라곤 생각지도 못했다. 어둠 속에서 차 안 여기저기를 더듬었다. 차가 앞쪽으로 기울어진 상태라 콘솔 박스와 글러브 박스까지 물에 잠겨 있었다.

스마트폰 불빛은 노아의 카시트 안에서 뿜어져 나왔다. 액정화면에 '이유진 원장'이라는 이름이 떠 있었다. 행복한 정신의학과 원장이었다. 통화 버튼을 누르자마자 수화기 너머에서 이 원장이 소리쳤다.

"김혜서 씨, 당신 잘못이 아니에요."

잠깐의 침묵도 못 견디고 이 원장은 다급하게 말을 이었다.

"30분 전쯤에 문자 받았는데 제가 이제 일어나서 늦게 봤어요."

폰 액정화면에서 현재 시각을 확인했다.

〈11월 3일 05:10〉

"무슨 문자인데요?"

이 원장은 문자 내용에 대해선 일부러 대답을 피하는 것 같았다.

"119에 신고했어요. 스마트폰 위치 추적해서 그쪽으로 찾아갈 거예요."

"이미 늦었어요."

"뭐가 이미 늦었어요? 지금 이렇게 전화를 받았잖아요. 그건 혜서 씨 잘못이 아니에요."

"그럼 누구 잘못인데요?"

"에스트로겐 수치가 출산 후에 급격히 떨어지면서 생긴 정신과적 응급 상황이에요. 다른 나라에선 산모들 정신건강도 관리해 주지만 우리나라에선 그저 개인의 문제로 치부하죠. 부재한 의료 시스템이 문제인 거예요. 그러니 자책하지 말고 얼른 마음을 바꿔요."

물이 배꼽까지 차올랐다. 온갖 영수증과 약 봉투와 쓰레기들이 물에 둥둥 떠다니는 게 스마트폰 불빛에 보였다.

"저는 왜 약 먹었는데 안 나았죠?"

"단약하지 말고 꾸준히 챙겨 먹었다면 좋아졌을 거예요."

"약 빠트린 적 없어요. 열 몇 개나 되는 걸 꾸역꾸역…."

"몇 개요? 열 몇 개요? 전 그렇게 많이 처방하지 않아요. 아침, 점심, 저녁은 네 알, 잠자기 전에는 수면제까지 해서 다섯 알 정도입니다."

엄마, 시체를 부탁해

혜서는 전화를 끊었다. 액정화면에 불이 꺼지자 무시무시한 어둠이 밀려왔다. 놀라 스마트폰 버튼을 눌렀다. 구정물에 반쯤 잠긴 노아의 카시트가 보였다. 우울증약을 꼬박꼬박 챙겨주던 이나가 떠올랐다.

"넌 그렇게 침대에 푹 퍼져 있으면서 저런 베이비시터를 네 남편 옆에 두기 안 불안하니? 당장 잘라라."

정인은 이나를 자르라고 성화였다. 그즈음 나는 우울해서 침대 밖으로 한 발짝도 내디딜 수 없었다. 어떤 커다랗고 투명한 누름돌 같은 게 내 온몸을 짓누르고 있었다. 머리 하나 들어 올릴 힘조차 없어 눈물을 닦지도 않고 계속 울었다.

어떤 날엔 옷 솔기들이 전부 면도날처럼 느껴져, 입고 있던 파자마를 찢어발기고 홀딱 벗은 채로 침실 안을 뱅글뱅글 돌기도 했다.

"애를 죽여, 죽여, 죽여, 죽여."

속삭임이 사방에서 들려왔다.

"싫어요. 싫어요. 그럴 수 없어요."

"그럼 네가 죽어, 죽어, 죽어, 죽어."

나는 귀를 막고 소릴 질렀다. 내 목소리로 속삭임을 덮어버리고 싶어서였다. 비명을 듣고 달려온 은오는 나를 꼭 안아주면서 아직 약을 먹은 지 얼마 되지 않아서 그런 거라며 같이 힘내자고 했다.

"자기, 나 버릴 거지?"

"아니, 절대로 버리지 않아. 곧 나아질 거야. 곁에서 지켜줄게."

상냥한 은오는 베이비시터가 늦게 퇴근하는 날이면 차로 태워다

주곤 했다.

현관 앞에서 두 사람이 마주 보고 서서 이야기를 나누고 있었다. 이나가 골반 위에 척 걸쳐 안고 있던 노아를 은오에게 건네주었다. 은오는 노아를 안고 이나에게 입을 맞췄다. 이나는 은오의 손을 잡고 아기방으로 앞장서서 걸어갔다. 은오는 이나의 손에 이끌려 방으로 들어갔다.

셋이 한 세트 같다.

스푼, 포크, 나이프, 한 세트.

"언니, 약 먹을 시간이에요."

"언제부터… 네가 내 약을… 너무…."

입술이 잘 떨어지지 않아 말들이 입안에서 맴돌았다. 눈썹 산을 몇 번이고 치켜뜨는데도 눈앞이 빙글빙글 돌았다. 손바닥 위에 놓인 알약들이 다섯 개였다가 열다섯 개였다가 스물다섯 개였다가 다음 순간 사라졌다. 먹은 기억이 없는데 눈을 감았다 떴더니 이불 속에 들어가 있을 때도 있었다.

머릿속이 수십, 수백 개의 거울 조각으로 만들어진 거울방이었다. 어떤 게 진짜인지 어떤 게 가짜인지 알 수가 없었다. 노아를 죽이는 끔찍한 환영도 계속되었다. 물을 가득 채운 욕조에 빠뜨리고 아파트 베란다 밖으로 던지고 목을 조르고 칼로 찌르고 베고….

담배 냄새에 눈을 떴다. 누군가 내 침대 옆에 서서 담배를 피우고 있었다.

"누, 누구세요?"

목구멍이 찢어지게 아팠다. 나는 마른침을 자꾸 삼켰다. 새까만 정장 차림의 중절모가 침대 옆에 서서 나를 내려다보고 있었다.

"여기서 담배 피우면 안 돼요."

입술이 붙어 잘 떨어지지 않았다.

"불나요."

남자는 담배를 입에 문 채로 말했다.

"아들을 죽여. 잘못 태어났어. 죽었다가 다시 태어나야 해. 안 그러면 네 아들도 너처럼 정신병에 걸릴 거야. 천문이 닫히면 영혼이 빠져나올 수 없게 돼. 그 전에 죽여야 해. 네 아들도 끝없이 고통받길 원하나?"

이상하게도 남자의 말이 전부 이해됐다. 그리고 남자의 말을 따라야 할 것 같았다.

나는 침대에서 벌떡 일어났다. 벽시계를 보니 오후 3시를 가리키고 있었다.

이상했다. 실내에 담배 연기가 가득했다. 남자가 숨어 있을 만한 곳을 뒤지고 다녔다. 안방 욕실 세면대에 누군가 담배꽁초를 비벼 꺼놓았다. 필터에 장밋빛 립스틱 자국이 남아 있었다. 은오가 퇴근하고 집에 오면 보여주려고 담배꽁초를 휴지에 싸서 화장대 서랍 안에 집어넣었다.

은오의 입맞춤에 잠에서 깼다.

"화장대, 서랍에, 응? 응?"

은오는 내가 시키는 대로 화장대 서랍을 열어보았다.

"뭐가 있다고 그래? 아무것도 없는데?"

"담배."

"자기, 담배 피워?"

"아니, 어떤 남자가, 중절모 쓴 남자가 와서, 내 옆에서 담배를 피워서, 그래서 찾아보니까, 화장실에, 자기야, 내 말 믿지? 내 말 믿지?"

나는 갑자기 라마즈분만법으로 호흡을 끊어서 말하기 시작했다. 입을 오므렸다가 뱉어내고 다시 입을 오므렸다가 뱉어내야 모래알처럼 빠져나가는 생각을 잠시라도 붙잡을 수 있었다.

"당연하지. 당신 말 믿어."

"약이, 너무 많아, 이나가 약을, 언제부터, 너무 많아."

"약은 더 주고 싶어도 처방받은 약밖에 없어서 더 줄 수가 없어." 은오는 나를 꽉 끌어안았다.

"이나 내보낼까? 신경 많이 쓰이면 당장 내보낼게."

내가 은오에게 이나를 쫓아내라고 말을 했는지, 안 했는지 기억나지 않았다.

가슴께까지 차오른 물이 너무 차가워 심장이 멎을 것 같았다. 호흡이 가팔라졌다.

나에게 이런 짓을 한 게 이나일까? 왜? 나를 죽이고 내 자리를 차지하기 위해서? 이나보다 내가 한 짓인 게 더 말이 되지 않나? 그럼 손바닥에 새긴 글자는 뭐지? 과연 몇 초 안에 답을 구할 수나 있을까? 아니, 애초부터 질문 자체가 없었던 것은 아닐까?

마지막으로 통화하고 싶은 사람이 있었다. 당연하게도 내 남자,

엄마, 시체를 부탁해

은오에게 전화를 걸었다. 통화연결음이 길게 이어졌다. 그동안 물이 턱 밑까지 차올랐다. 나는 왼손으로 차 문 위에 손잡이를 붙잡고 엉덩이를 들어 올렸다. 아침에 눈을 떴을 때 아내와 아들 둘 다 잃었다는 걸 알게 된 은오는 얼마나 비통할까.

다음은 캐나다에 계신 부모님을 떠올렸다. 무슨 염치로 그분들에게 작별 인사를 할 수 있을까. 그래서 시어머니 정인에게 전화를 걸었다. 역시나 받지 않았다. 새벽 기도를 나가면 꼭 스마트폰을 진동으로 해놓는 분이니까.

푸우, 푸우, 내쉬는 숨결에 물방울이 튀었다.

노아야, 미안해.

엄마가 살인자라서.

머더(Murder)

"다리에 힘 빼세요."

의사가 스틱형 초음파 기구를 조심스레 움직이며 말했다.

아랫도리 위로 잔바람이 기어다녔다. 찬 기운에 놀라 치모들이 오스스 일어났다.

나는 짐짓 벽에 걸린 모니터를 응시했다. 검은 화면에 나타난 자궁은 잿빛이었다. 산부인과 대기실에서 봤던 분홍색의 그것과 달랐다. 두 눈으로 잿더미 속에 있을 수정란을 집요하게 찾았다.

두어 달 동안 생리가 없었다. 속이 메스꺼워 헛구역질도 잦았다. 늘 피곤했고 깜빡깜빡 졸기 일쑤였다. 하지만 나는 중절 수술을 할까 말까 고민하지도 않았다. 박 사장의 아기니까. 강남의 수십 평대 브랜드 아파트까지 자신을 들어 안착시켜 줄 이카로스의 날개니까. 비록 박 사장은 유부남이지만 마누라하고 몇 년째 별거 중이고 슬하에 자식도 없었다.

"임신은 아니고요."

의사의 말에 나는 놀라 어깨를 살짝 들어 올렸다.

"네? 그럼?"

의사가 짐짓 목소리를 깔았다.

"움직이면 안 됩니다."

"상상임신이라고요?"

나는 아랑곳하지 않고 되물었다.

"네, 그런 것 같네요."

의사가 질 내에서 초음파 기구를 빼낸 후 라텍스 장갑을 벗었다. 나는 간호사의 도움으로 진료용 고무줄 치마를 내리고 바닥에 놓인 슬리퍼를 신었다.

옷을 갈아입고서 의사 맞은편에 앉는데, 컴퓨터 모니터 화면을 찬찬히 살펴보던 의사가 사뭇 심각한 표정으로 말했다.

"음, 이게 자궁 점막하근종인데, 양성인지 악성인지 검사도 해야 하고, 이것만 봐도 크기가 꽤 크네요. 몇 개 더 있네요. 일단 MRI 찍어봐야 알겠죠?"

"혹시 수술받아야 해요?"

"검사해 보면 알겠지만, 아직 비혼이고 하니 최대한 수술 부위도 작게⋯."

병원비 수납 직원이 호명할 때까지 나는 대기실에 앉아 기다리고 있었다. 대기실 곳곳에 만삭의 임산부들이 앉아 있었다. 남편과 동행한 이도 있었다.

이제 스물여섯인데 자궁에 문제가 생기다니, 비참했다. 시쳇말로 '취집'이 목표인데 난임이면서 가능할까, 아니면 난임이라서 더 유리할까.

가방 안에서 스마트폰 진동이 울려댔다. 꺼내보니, 액정화면에 박 사장의 느끼한 얼굴이 부르르 떨고 있었다. 돈 많은 남자는 왜 다들 유부남인지 모르겠다. SNS 다이렉트 메시지가 왔다.

-자기야, 어디야? 산부인과야?

임신했다고 말했더니 박 사장이 애가 닳은 모양이었다. 답장하려고 손가락을 움직이는데 그새 박 사장의 다이렉트 메시지가 또 들어왔다.

-자기야, 설마 낳으려는 건 아니지?

무슨 뜻으로 하는 소리지? 속에서 끓어오르는 걸 참았다. 어쨌든 임신하지 않은 게 사실이니까.

-자기야, 나 사실 말 못 한 거 있다. 나 다둥이 아빠야. 애가 넷이야. 애라면 아주 지긋지긋해.

이 미친 유부남 새끼 때문에 일하던 유치원에 사직서까지 냈는데, 짜증이 솟구쳤다. 한 달 원비만 이백만 원인 놀이 유치원에서 돈 많은 싱글파파나 꼬셔볼까 해서 아득바득 다녔던 일터였다.

ㅡ야! 낳기만 해봐! 너 때문에 이혼당하면 너한테 상간녀 소송할 거다!

개새끼.

"주이나 님."

나도 모르게 스마트폰을 들고 자리에서 벌떡 일어났다. 가방이 무릎 아래로 떨어지면서 속에 있던 물건들이 와르르 쏟아졌다. 약국 종이봉투에 둘둘 싸인 임신 테스트기도 튀어나왔다. 선명하게 두 줄로 그어진.

"어? 이나 아니니? 괜찮아?"

깜짝 놀라 쳐다보니, 지난달까지 몸매 관리 때문에 열심히 다녔던 필라테스 요가 차이 센터 원장인 김혜서 쌤이 서 있었다.

"혜서 쌤? 여긴 어쩐 일로 왔어요?"

"으응, 임신 10주 차라서 1차 기형아 검사하러 왔어. 남편하고 같이."

혜서 쌤이 환하게 웃었다. 미소 끝에 결혼도 안 한 처녀는 여기 왜 왔을까, 하는 호기심이 걸렸다.

"아, 전 생리불순 때문에요."

그때, 혜서 쌤 남편이 바닥에 널브러져 있던 테스트기를 주워 나에게 건네주었다. 나는 귓바퀴까지 빨개지는 게 느껴졌다.

혜서 쌤 남편은 쌤보다 대여섯 살 정도 어려 보였다. 훤칠하게 큰

엄마, 시체를 부탁해

키에 명품 정장을 차려입은 모습이 아찔하게 매력 있었다. 몇몇 여자들이 쌤 남편을 흘깃거리며 소곤댔다. 혜서 쌤은 몸매만 날씬하지, 얼굴은 평범하기 그지없었다. 두 사람이 어울리지 않는다는 걸 두 사람만 모르고 있는 것 같았다.

"김혜서 님, 3번 원장실로 들어가세요."

간호사의 부름에 혜서 쌤이 나에게 손을 흔들었다.

"그럼 센터에서 봐."

쌤 남편도 웃으며 가볍게 고개를 끄덕였다. 두 사람은 팔짱을 끼고 진료실 안으로 들어갔다.

나 따위는 관심도 없겠지. 지난달부터 센터에 나가지도 않고 있는데.

병원 주차장에서 혜서 쌤과 또 마주쳤다. 아니, 정확하게 얘기하자면 고급 외제 차에 올라타는 혜서 쌤을 지켜본 것뿐이지만.

나는 그만두었던 필라테스 요가 차이 센터에 다시 나가기 시작했다. 수강료가 일반 강의보다 훨씬 비싼 혜서 쌤 수업을 신청했다. 뱃속 아기가 좀 더 크면 수업을 진행할 수 없을 거라 하는데도 바락바락 우겨서 쌤과 일대일 수업을 진행했다.

수업 시간 내내 쌤에게 어필했다. 독서 지도 자격증, 스토리텔링 수학 지도 자격증, 심리 미술 그리기 자격증 등등 돈만 주면 딸 수 있는 거지만 수많은 협회 자격증을 소지하고 있다는 점과 유아교육학과 학사인 점과 강남의 내로라하는 놀이 유치원에서 교사로 일했던 점까지 줄줄이 읊어댔다. 대학원 입학을 준비 중인데 공부

할 시간이 부족해서 결국 놀이 유치원을 그만두게 됐다는 이야기도 했다.

"솔직히 수강비 이십 만 원에 사십 시간 수강만 하면 다 따는 베이비시터 말고 저 같은 전문가를 고용하셔야죠, 안 그래요? 나중에 쌤 아기 낳으면 꼭 저 불러주세요. 네?"

쌤 남편의 이름은 유은오였다.

"유은오 사장님 오셨습니까?"

저크시즈 팰리스 로비에서 안전요원과 실랑이하고 있던 나를 유은오 사장이 구해주었다.

"혜서 쌤이 절 불렀어요. 베이비시터로요. 오늘 집으로 오라고 해서 온 건데 아무리 벨을 눌러도 받질 않네요."

안전요원은 무턱대고 찾아오는 방문자를 많이 상대해 봤다는 식으로 대번에 나를 내쳤다.

"사모님이 만나기 싫은가 보죠. 그냥 가세요."

"그럴 리가 없어요. 분명히 어제 통화했다고요."

"나중에 다시 오든가 해요."

때마침 유은오 사장이 로비로 들어오다가 실랑이를 벌이고 있던 나를 발견했다.

"아, 여기 이나 양은 우리 노아 봐주실 선생님입니다. 집사람이 또 낮잠을 자고 있나 보네요."

혜서 쌤 집은 어느 방향에서 사진을 찍어도 럭셔리 펜트하우스

샷이 될 만큼 고급스러운 인테리어로 꾸며져 있었다. 유은오 사장은 어디에 앉으라는 권유도 없이 나를 거실 한복판에 세워놓고 침실로 들어갔다. 나는 이때다 싶어서 셀카를 마구 찍어댔다. 그때 가사도우미 아줌마가 다이닝룸에서 나오다가 나를 보고선 혀를 끌끌 찼다.

"너 뭐 하는 앤데 남의 집 사진을 찍고 있니?"

가사도우미의 거만한 태도에 심사가 뒤틀렸다. 뭐라고 한마디 쏘아붙이려다가 첫날부터 그래선 안 되겠지 싶어 참았다.

"노아 베이비시터인데요."

"그 훤히 드러나 보이는 젖가슴으로 누굴 꼬시려고 왔니?"

"네?"

"헐렁한 니트 배꼽티에 스키니 청바지가 애 보는 복장이니?"

가사도우미 주제에 왜 시비냐고 따지려는데, 침실에서 유은오 사장이 혜서 쌤을 부축해 거실로 나왔다.

혜서 쌤은 아기 엄마치곤 너무 말라 있었다. 머리는 감지 않아 기름졌고 입가엔 침이 허옇게 말라붙어 있었다. 텅 빈 두 눈이 나를 알아보고는 반짝하고 빛났다. 유은오 사장은 혜서 쌤을 세상에서 가장 아름답지만 쉽게 부서지는 보물이라도 되는 듯 애지중지 다뤘다.

"졸려요?"

혜서 쌤이 고개를 끄덕이자 유은오 사장은 힘센 두 팔로 그녀를 번쩍 안아 올렸다.

"어머니, 노아 방으로 선생님 안내해 주실래요?"

가사도우미인 줄 알았던 중년 여성이 유은오 사장의 어머니였다니, 좀 전에 참지 못하고 떽떽거렸다면 큰일 낼 뻔했다며 나는 가슴을 쓸어내렸다. 병든 아내를 안아 침실로 옮기는 유은오 사장의 잘 빠진 뒷모습을 보며 내년엔 그의 품에 꼭 내가 안겨 있으리라 다짐했다. 그런 내 기대를 유 사장 어머니가 순식간에 깨버렸다.

"그만 껄떡대고 따라와."

유 사장 어머니에게 눈을 흘기다가 부잣집 아기방은 얼마나 이쁘게 꾸며져 있을까, 상상하며 뒤를 따랐다.

방문이 열리자 아무것도 없이 방 한가운데에 덩그러니 아기 침대만 놓여 있는 걸 보고 당황했다. 요새 아기방도 미니멀하게 꾸미는 게 유행인가, 의아스러웠다.

"가서 안아줘야지?"

나는 방으로 들어가 조심조심 아기 침대 위에 둘러쳐져 있는 캐노피를 걷었다. 그런데 그 안에 누워 있어야 할 노아가 보이질 않았다. 파란색 속싸개에 싸여 있는 건 아기가 아니라 아기 인형이었다. 얼굴과 손발만 딱딱한 강화 실리콘으로 만들어졌고 몸통은 솜을 채워 넣은 헝겊으로 된 인형이었다.

"노, 노아는요?" 나도 모르게 말을 더듬었다.

유 사장 어머니는 어깨를 한껏 끌어올렸다가 한숨과 함께 떨어뜨렸다.

"우리 며느리가 죽었어."

엄마, 시체를 부탁해

"네?"

"우리 며느리가 젖 주다가 아기를 깔아뭉개서 죽였다고."

어떻게 저런 무참한 이야기를 아무렇지도 않게 할 수 있지? 혜서 쌤의 시어머니이자 노아의 친할머니면서. 그녀의 냉랭한 태도가 무섭게 느껴졌다.

노아가 백일도 지나지 않았을 때 벌어진 비극이라고 했다. 혜서 쌤이 모로 누워 노아에게 모유 수유를 하다가 깜빡 졸았는데 그만, 노아가 엄마 젖에 깔려 질식해 죽었다는 것이었다. 그 충격으로 혜서 쌤은 실성했고 지금까지 아들의 죽음을 받아들이지 못한다고 했다.

할 말을 찾지 못해 입만 벌리고 있었다. 유 사장 어머니는 아기 침대에서 인형을 들어 올려 품에 안았다. 그리고는 살아 있는 아기를 다루듯이 좌우로 살짝 흔들었다.

"미친년 장단에 안 맞춰주면 우리 아들이 죽겠다 해서 내가 이러고 있네. 그러니 너도 내일부터 배꼽 보이는 옷 말고 제대로 된 옷 갖춰 입고 와서 우리 노아 잘 보살펴 줘야 한다. 알겠지?"

웃어야 할지 울어야 할지 알 수가 없었다. 혜서 쌤한테 닥친 불행이 너무나 커서 동정심이 들 정도였다. 한편으론 젊고 돈 많은 유 사장을 대놓고 꼬실 수 있어서 기쁘기도 했다.

오전에 출근해서 아기 인형에게 두세 시간마다 젖병을 물리고 안아서 트림을 시켰다. 틈틈이 기저귀도 갈아주고 옷에 뭐라도 묻으면 바로바로 옷을 갈아입혔다. 오전엔 동화책을 읽어주고 오후엔 따듯한 물에 목욕을 시켰다. 유 사장 어머니도 수시로 집에 방문했고 혜서 쌤도 툭하면 온 집안을 돌아다녔기 때문에 인형을 함부로 대할 수 없었다. 중간중간 혜서 쌤 약도 챙겨 먹여야 해서 정말 눈코 뜰 새 없이 바빴다.

인형을 안아서 재울 즈음이면 유 사장이 일을 마치고 집으로 돌아왔다. 가끔 너무 늦게 퇴근한 날에는 나를 집까지 태워다 주기도 했다. 유명한 가게의 디저트를 사다 주거나 과일바구니를 안겨줄 때도 있었다.

"수고하셨습니다. 이제 노아 저 주시고 퇴근하세요."

나는 인형을 유 사장에게 건넸다. 인형을 껴안으며 한쪽 볼을 갖다 대는 유 사장의 얼굴이 오늘따라 더 지쳐 보였다. 부유하고 상냥한 그에게도 사랑과 보살핌이 필요한 것이었다. 나도 모르게 그의 입술에 내 입술을 가져다 댔다. 내 키스가 그를 조금이라도 위로해 줄 수 있다면….

유 사장이 나를 확 밀쳤다. 그 바람에 나는 뒤로 엉덩방아를 찧었다. 그가 나를 노려보고 있었다. 잔뜩 일그러진 얼굴이었다. 인형으로 자기 입술을 닦으며 낮게 으르렁거렸다.

"한 번만 더 이런 짓 했다간 쫓겨날 줄 알아."

유 사장은 혼자 노아 방으로 걸어 들어가 버렸다.

다음 날 실성한 혜서 쌤이나 밉상인 유 사장 어머니에게 그만두겠다고 말할 작정이었다. 유 사장은 아내를 너무 사랑하고 있었고, 그런 그를 내 것으로 만들 수 없다면 이런 미친 짓을 하고 있을 필

엄마, 시체를 부탁해

요가 없었다.

　그만두겠다고 해서 쌤에게 말하려고 침실로 들어갔다. 팔자 좋은 이 여자는 침대에 누워 헛소리를 지껄이고 있었다. 내가 약을 꼬박꼬박 챙겨 먹이는데도 좋아질 기미가 보이지 않았다. 원래 산후우울증이란 게 쉽게 낫는 병은 아닌가 보았다.

　그때 갑자기 인터폰 벨 소리가 울려 퍼졌다. 혹시나 잠든 혜서 쌤이 깰까 봐 나는 얼른 인터폰 쪽으로 뛰어갔다.

　비디오 화면 속에는 넙데데하고 느끼한 얼굴의 남자가 서 있었다.

　"주이나, 주이나, 너 거기 있는 거 다 알아!"

　얼른 인터폰 통화 버튼을 눌렀다.

　"박 사장님? 여긴 어떻게 알고 왔어요?"

　"얼마 전에 로비에서 너 올라가는 거 보고 놀라서 몇 층 사는지 확인했지."

　"아, 근데 무슨 일인데요?"

　"무슨 일은! 네가 내 애 갖고 사라졌잖아!"

　"그게 무슨 소리예요?"

　나는 속으로 아차, 싶었다. 임신한 게 아니라고 박 사장에게 말해 주지 않았던 것이었다.

　"나중에 무슨 덤터기를 씌우려고?"

　"미쳤어요? 그냥 꺼져요!"

　"나보고 꺼지라고? 뻔뻔하게 우리 아파트 꼭대기 층을 렌트해 놓고 나보고 꺼지라고? 야, 당장 문 열어!"

계속 문 앞에서 소란을 피우게 놔둘 순 없어서 나는 소파 위에 인형을 내려놓고 직접 현관까지 나가서 문을 열었다.

"왜 그래요? 남의 집 앞에서!"

박 사장이 집 안으로 들어오자마자 내 몸 이곳저곳을 더듬으며 뭔가를 찾았다.

"어? 배는? 배가 쏙 들어갔네?"

나는 팔짱을 끼고 서서 박 사장을 한심하게 쳐다보다가 갑자기 놀려줄 생각이 들었다.

"조산했어요."

"뭐?"

"조산했다고요."

박 사장은 손가락을 꼽아가며 열심히 뭔가를 계산했다. 그러는 모습이 내 부아를 치밀어 오르게 했다.

"아들이에요. 지금 자고 있어요. 그러니 그만 돌아가 줄래요? 그리고 일부러 박 사장님 아파트 위층으로 이사 온 거 아니거든요. 여기 우리 엄마, 아빠 집이거든요. 곧 돌아오실 거니까 빨리 나가요."

"여기가 너네 부모님 집이라고? 그럴 리가 없는데. 이 집 주인 내가 아는데 여기 월세 주고 지금은 미국에서 지내는데?"

박 사장이 고개를 갸웃거렸다.

"왜요? 우리 엄마 아빠는 이런 집 월세도 못 살 거 같아요?"

박 사장이 나를 밀치며 집 안으로 밀고 들어왔다.

"아, 빨리 나가요!"

엄마, 시체를 부탁해

나는 박 사장을 두 손으로 밀어냈지만, 막무가내로 들어오는 힘을 당해낼 수 없었다.

"내 아들 얼굴이나 좀 보자."

박 사장이 온 집안을 헤집고 다녔다. 그러다가 거실 소파에 누워 있는 아기 인형을 발견할까 봐 조마조마했다. 배냇저고리를 입고 속싸개에 싸여 있는 인형은 멀리서 보면 영락없는 신생아였다. 하지만 가까이서 보면 인형인 게 들통날 수밖에 없었다.

"나가요. 아, 나가라고!"

소파에 누워 있는 인형을 발견한 박 사장이 부리나케 달려가 그걸 안아 올렸다.

"우쭈쭈, 내 새끼. 보자, 보자, 얼마나 잘 생겼나?"

속싸개가 벗겨지고 머리칼 하나 없는 인형의 얼굴이 드러났다. 그러자 너무 놀란 박 사장은 인형을 바닥에 떨어뜨렸다.

"야, 소름 끼치게 이게 뭐야? 너 미쳤어?"

나는 땅바닥에 떨어져 있던 인형의 팔을 잡고 들어 올려서는 손으로 탁탁 털어 먼지를 털어냈다.

"그냥 꺼져요. 확 신고하기 전에⋯."

말을 다 이을 수가 없었다. 갑자기 뭔가가 와락 달려들었다. 나는 그 바람에 소파 위로 벌러덩 나자빠졌다. 눈을 떠 보니까 혜서 쌤이 억센 손아귀로 내 목을 조르고 있었다. 기름진 머리칼들 사이로 희번덕거리는 두 눈이 벌겋게 충혈되어 있었다. 비쩍 마른 병자라고는 믿어지지 않을 만큼 아귀힘이 셌다. 나는 혜서 쌤 손을 손톱으로 쥐어뜯고 주먹으로 두들겨 댔다. 머리에 피가 쏠리고 목이 부러질 것 같았다.

그때 박 사장이 인형 다리를 붙잡고 힘껏 휘둘렀다. 강화 실리콘으로 만들어진, 묵직한 인형의 머리통이 혜서 쌤의 앞이마를 정통으로 강타했다. 퍽, 소리와 함께 혜서 쌤이 소파 밑으로 떨어졌다. 흥분한 박 사장이 소릴 꽥꽥 지르며 혜서 쌤에게 서너 번 더 린치를 가했다.

나는 목을 감싸 쥐고 일어나 한참 동안 콜록거렸다.

"이, 이 미친년은 누구야?"

박 사장이 씩씩거렸다.

"누구긴 누구야? 네가 죽인 년이지."

쇼크(Shock)

오늘은 피부과에서 스컬페라 시술을 받았다. 살짝 깊어진 팔자 주름과 처진 눈꼬리에 콜라겐 성분을 주입하는 시술이었다. 필러와 다르게 피부 내부에 이물질을 삽입하는 게 아니라서 안전한 편이었다. 내친김에 얼굴 전체에 음파 충격파를 주어 붓기까지 뺐다.

피부과에서 시술을 마친 다음엔 홍삼 에센스 오일로 전신 마사지를 하는 에스테틱에 갔다. 홍삼까지 마시고 홍삼 오일로 마사지를 받으니 온몸의 피로와 독소가 빠져나가 몸속까지 건강해진 느낌이 들었다.

관리는 한 살이라도 어릴 때 해줘야 하는 거다.

에스테틱을 나온 뒤엔 개인 병원 정신의학과에 진료를 받으러 갔다.

"사랑받고 싶어요."

은오는 나를 사랑한다. 나도 은오를 사랑한다. 그러므로 그와 함께 수십 년을 누리며 살아야 할 사람은 나다. 그의 아내가 아니라.

나는 손수건으로 눈가를 찍어가며 울었다. 그러면 남자 의사들 열에 아홉은 다 넘어오게 되어 있었다. 그들은 자궁을 갖고 있지 않기 때문에 폐경의 상실감을 모른다. 모르니까 공감하지 못할 때도 많지만, 모르니까 쉽게 동조할 때도 있는 법이다.

"에스트로겐과 프로게스테론의 감소로 불면증과 우울감을 겪는 여성분들이 많습니다."

의사의 말에 나는 한 술 더 떨었다.

"밤에 잠을 못 자요. 며칠째인지 몰라요. 너무 우울해서 손가락 하나 까딱할 힘이 없어요."

"수면제도 처방해 드리겠습니다."

약국에 들러 처방받은 약을 사서 은오와의 약속 장소로 나갔다. 메뉴는 늘 은오가 정했다. 오늘은 간장게장집이었다.

은오가 특히 좋아하기 때문에 예전에는 직접 담가주기도 했었다. 살아 있는 게를 냉동실에 10분가량 넣어 잠시 기절시킨다. 생강, 마늘, 감초, 마른 홍고추 등을 넣어 끓였다가 식힌 간장 물을 냉동실에서 꺼낸 게에 붓는다. 하루 정도 재웠다가 게만 건져내고 다시 간장 물을 끓였다가 식힌다. 식힌 간장 물을 게 위에 부어 또 하루를 재운다. 이런 과정을 세 번 반복하면 간장게장 완성이다.

하지만 언제부턴가 나는 간장게장을 먹지 않는다. 얕은 동면에서 깼을 때 자신의 온몸으로 침습하는 죽음을 떠올리면 몸서리가 쳐진다. 마치 산후우울증 같다.

간장게장을 먹지 않는 내 식성을 잘 알기에 은오는 일부러 이곳으로 약속을 잡았다. 그런 악취미를 가진 남자다. 물론 그의 식탐이 유별난 면도 없지 않다. 비린 것을 잘 먹고 날 것을 특히 좋아한다. 호전적이고 지배적인 성격 때문일 것이다.

간장게장 정식이 나왔다. 나는 앞접시에 실한 암게의 속살과 알을 발라 담아주었다. 은오는 반달눈을 만들며 웃었다. 그의 미소에 나는 오싹해졌다. 곰돌이 인형 속에서 째깍거리는 시한폭탄 소리를 들을 수 있는 사람은 그의 주변에서 아마 나밖에 없을 것이다.

얼마 전에 은오에게 두들겨 맞았던 게 떠올랐다.

남해 어딘가의 호텔이었고 우리는 와인을 마셨다.

"왜 빨리 안 헤어지는 건데?"

은오가 이번 여자하고 빨리 헤어지지 않아서 나는 조금 심통 난 상태였다.

"내 맘이지."

그는 씽긋 웃었다. 눈꼬리가 처지면서 예쁜 반달눈이 되었다.

"빨리 헤어져."

엄마, 시체를 부탁해

"곧 헤어질 거야."

"그럴 거면서 애는 왜 낳은 거야?"

"술김에 실수한 거 가지고 계속 사람 이렇게 들들 볶을 거야?"

"어쩔 수 없는 결혼이라며? 근데 즐기고 있잖아?"

은오가 와인 잔을 벽에 집어 던졌다. 사방으로 붉은 얼룩이 튀었다.

"바가지 그만 긁어. 아주 지겨워 죽겠어."

은오는 와인 병을 방바닥에 패대기치고도 부족해 식탁 주변을 서성거렸다.

"누군들 이렇게 살고 싶어서 사는 줄 알아? 엉?"

그가 걷잡을 수 없이 끓어오르는 걸 나는 가만히 쳐다보고 있었다. 무서워하지 않는 것이 그를 향한 나의 조롱이자 멸시였다. 발목에 쇠사슬을 묶어 키운 코끼리가 집채만큼 커졌다고 무서워하면 코끼리한테 밟혀 죽는 법이니까. 그래서 뺨을 얻어맞아도 입을 앙다물고 앉아 있었다.

약이 오를 대로 오른 은오는 내 머리끄덩이를 잡고 침실로 질질 끌고 갔다. 흰 나이트가운이 방바닥을 쓸었다. 발버둥을 치다 깨진 유리 조각에 베여 맨발이 피로 물들었다.

방문이 닫히자마자 그의 발길질이 시작됐다. 배가 먼저였고 다음이 가슴이었다. 복통이 너무 극심해 두 손으로 배를 움켜쥐느라 그의 발이 얼굴로 날아오는 걸 못 봤다. 나는 무지막지한 발길질을 정통으로 얼굴에 얻어맞고서 정신을 잃었다.

눈을 떴을 때 은오가 나를 근심 어린 표정으로 내려다보고 있었다. 적어도 그렇다고 생각했다. 짧은 안도의 순간, 그의 주먹이 허공을 가로질렀다.

"얼굴은 그만 때려."

내 탄식에 은오는 주먹을 거둬들였다. 대신에 내 얼굴에 침을 뱉었다. 다음 날이 되어도 그는 나를 아프게 한 것에 미안해하지 않았다.

우리 관계는 한 바구니 속에 들어 있는 썩은 사과다. 서로 맞대고 있는 부분부터 곪고 썩는.

"이번 약이 마지막이면 좋겠어."

"아마 그렇게 될 거야."

은오는 한 번 더 예쁜 눈매를 만들며 웃었다. 나는 등줄기에 선득한 기운이 핥고 내려가는 걸 느꼈다.

거실에 혜서가 머리에 피를 흘리고 쓰러져 있었다.

"이게 뭐야? 죽은 거야? 전에 분명히 손에 피 묻히는 건 싫다고 말했잖아."

내 말에 은오가 언성을 높였다.

"내가 죽이기라도 했다는 거야?"

나는 두 손으로 입을 가리며 벌벌 떨었다.

"가서 죽었나 살았나, 어떻게 좀 확인해 봐."

은오가 혜서에게 다가가 목 경동맥을 짚었다.

"죽었어."

"확실해?"

은오는 머리칼을 헝클어트리며 짜증을 부렸다.

"아, 몰라, 몰라, 몰라."

그때 혜서의 입에서 얕은 신음이 새어 나왔다. 나는 얼른 스마트폰을 찾으려고 가방을 뒤졌다.

"뭐 하려고?"

"119 불러야지."

은오가 떨고 있는 내 손을 붙잡았다.

"미쳤어? 우리 둘 다 감방 가야 정신 차리겠어?"

"우울증약 많이 먹었다고 잡혀가? 마약도 아닌데."

"정신과 약 중엔 향정신성 의약품도 많아. 그리고 그동안 한 짓이 있잖아? 작년, 재작년에 작업했던 것까지 다 들통나면 어떡할 거야?"

작년에는 내가 위장 결혼을 했다. 멍하게 서 있는 내 어깨를 은오가 꽉 붙잡고 흔들었다.

"우린 죄인이야. 알잖아?"

"그럼 어떡하자는 거야?"

"계획대로 진행하자."

계획대로라면 혜서가 자살하도록 판을 꾸며주는 것이다.

혜서의 자동차 트렁크 안에 커다란 여행 가방을 실었다. 여행 가방 속에는 혜서가 들어 있었다.

나는 혜서의 것과 비슷한 디자인의 파자마를 입고 운전석에 앉았다. 은오는 뒷좌석 밑에 납작 엎드려 있었다. 내비게이션으로 미리 알아놓았던 저수지를 향해 운전해 갔다. 한밤의 운전은 미숙해서 바짝 긴장했다. 솟구치는 아드레날린 때문에 턱이 딱딱 맞부딪혔다.

저수지에 도착했다. 혜서가 평소 즐겨 바르던 립스틱을 꺼내 자동차 앞 유리창에 글자를 썼다. 물에 지워지지 않는 워터프루프 립스틱이라서 나중에 차를 저수지 밖으로 끌어낸 뒤에도 글자는 남아 있을 거였다.

나는 살인자다.
5개월 된 아들을 죽였다.
그래서 지금 자살하는 중이다.

혜서가 도중에 깨어날 수도 있으니 안전띠를 고장 내자고 말한 사람은 은오였다. 혜서를 여행 가방에서 꺼낼 때 보니까 볼펜과 각종 영수증과 송곳이 가방 안에서 굴러다니고 있었다. 은오는 거기서 송곳을 꺼내 안전띠 버클 버튼에 깊숙이 꽂아 넣었다.

조수석에는 우울증약 봉투를 놓아두었다. 정신과 의사에게 자살을 암시하는 문자를 보낸 다음 스마트폰은 아기 카시트 안에 숨겨두었다. 이 모든 작업은 나중에 차가 발견됐을 때를 위해서였다. 경찰이 혜서의 죽음을 산후우울증으로 인한 자살 사건으로 종결해

엄마, 시체를 부탁해

야 했다.

사실 혜서는 그동안 몇 번이나 자살을 시도했다. 그때마다 준비가 덜 되었다는 은오의 말에 그녀의 자살을 번번이 막아왔다. 필라테스 요가 차이 센터 보증금, 결혼 전에 살았던 아파트 매매금, 카드 대출금, 차 담보 대출금, 신용 대출금을 받아내는 데에 시간이 걸렸다.

그리고 마지막은 사망 보험금이다. 물론 자살은 사망 보험금이 지급되지 않는다. 하지만 산후우울증 환자가 자살할 경우, 정신질환에 의한 자살이기 때문에 상해사망 보험금이 나온다.

원래 계획대로라면 혜서가 스스로 아파트에서 뛰어내릴 때까지 산후우울증으로 약해진 그녀를 밀어붙일 생각이었다.

우리는 홈 시스템 카메라로 혜서의 일거수일투족을 감시했다. 차에 달린 블랙박스로 밤마다 어딜 쏘다니는지도 알고 있었다. 세컨드 폰에 음성 알람을 맞춰놓고서 아기 카시트에 숨겨놓았다.

"애를 죽여."

환청이라면 자신의 목소리나 아기 울음소리에 파묻히지 않는데 혜서는 눈치채지 못했다. 겁에 질려 비명을 질러대는 모습이 안쓰럽기까지 했다.

내가 거짓 연기로 처방받은 우울증약까지 섞어 혜서에게 먹였다. 부작용으로 잠에서 못 깨는 시간이 늘어갔다. 기억장애, 환청, 환각 등에 시달렸다. 어쩌다 일어나 돌아다닐 땐 몸에 균형을 잃고 쓰러지기 일쑤였다.

혜서의 옷을 입고 혜서의 눈앞에서 나는 아기 인형을 죽이고 또 죽였다. 침대 옆쪽에 누워서 속삭였다. 진짜 노아는, 은오가 수녀회에서 운영하는 아동 양육시설의 베이비 박스에 버리고 왔다고 했다.

"애를 죽여, 죽여, 죽여, 죽여."

그러면 혜서는 소릴 고래고래 질러댔다.

"싫어요. 싫어요. 그럴 수 없어요."

"그럼 네가 죽어, 죽어, 죽어, 죽어."

증인도 필요했다. 그래서 베이비시터로 이나를 고용했다. 다 잘 되어가고 있었는데, 갑자기 일이 더럽게 꼬였다.

차가 검은 물속으로 가라앉고 있었다.

"담배 갖고 왔어?"

"갖고 왔지. 폰은 놔두고 왔지만."

경찰에서 통신 기지국을 통해 우리를 추적할지도 몰라서 스마트폰은 집에 두고 왔다.

은오가 담배를 제 입에 물고 일회용 라이터 불을 댕겼다. 한 모금 깊게 빨아들인 담배를 내 입에 물려주었다.

어둠 속에 담뱃불 두 개가 야행성 동물의 눈처럼 빛나고 있었다.

사람들은 모른다. 자신이 불과 몇만 원의 돈 때문에라도 살해당할 수 있다는 것을. 점당 십 원짜리 노름판에 칼부림이 나기도 하는데 하물며 십억이라면 어떻겠는가?

김혜서가 가진 모든 걸 털었더니 십억 조금 넘었다. 월 오백에 렌트한 아파트에서 내일모레 나갈 예정이었다. 집 안에 있는, 돈 될만

한 것들을 전부 챙기고 있었다. 혜서의 반지나 목걸이 등속의 물건이었다.

은오가 소파에 아기 인형을 집어 던지고선 그걸 베고 벌러덩 누웠다. 그런 그를 흘겨보며 나는 투덜거렸다.

"왜 나만 맨날 짐 싸는 거야? 내일모레 집 비워줘야 하는데 짐 안 싸?"

"아, 또 잔소리, 잔소리."

그때 현관 비밀번호 누르는 소리가 났다.

불길한 예감에 나는 움직이던 손을 멈추고 현관 쪽을 바라보았다. 은오도 자리에서 벌떡 일어나 앉았다.

현관문이 열리고 혜서가 멀쩡하게 살아서 걸어 들어왔다.

나는 두 눈을 동그랗게 치뜨며 은오와 혜서를 번갈아 보았다. 은오의 낯빛이 허옇게 변하고 있었다. 아주 잠깐 이게 현실인지 상상인지 헛갈렸다.

"자기야, 나 왔어."

혜서는 파란색 양말을 신은 아기를 아기 띠로 매고 있었다. 아기는 토끼 모양 치발기를 쥐고서 천진하게 졸고 있었다.

"노아도 같이 왔어. 어찌나 수다쟁이인지 종일 옹알옹알거리네. 자기야, 와서 봐봐. 우리 노아, 너무 귀엽지?"

자리에서 일어난 은오가 어색하게 웃으며 혜서에게 다가갔다.

"응? 으응, 귀엽네. 근데 어디서 데려온 아기야? 얘 부모는 알아? 잘못하면 이거 납치야."

"네 새끼인데도 못 알아보는 거냐? 그런 핏덩이를 집 앞에 버려두고 갔으니 당연하지!"

혜서가 활짝 열어놓은 현관문에 초로의 남자가 서서 호통을 치고 있었다. 나도 아는 사람이었다. 은오 아버지였다.

은오가 수녀회에서 운영하는 아동 양육시설에 노아를 맡겼다고 말했는데, 거짓말이었다. 나는 배신감에 눈꼬리를 사납게 치떴다.

"시어머니 전화 목록 바로 위에 시아버지가 있길래 전화 한번 걸어 봤어요. 근데 전화가 연결된 순간, 폰 반대편에서 아기가 울고 있는 거예요. 울음소리를 듣자마자 전 알 수 있었어요. 노아였어요. 노아는 살아 있었어요."

혜서가 노아의 숱 많은 곱슬머리에 입을 맞췄다.

"빨리 데려가시오!"

은오 아버지의 명령에 사설 구급대원들이 구둣발로 집안에 쳐들어왔다. 날 잡으러 온 건 줄 알고 여차하면 도망갈 심산으로 현관문 쪽을 살폈다. 그런데 그쪽에는 근무복 차림의 경찰과 사복형사들이 서 있었다.

"당신들, 왜, 왜 이래?"

구급대원들은 은오에게 덤벼들어 제압했다. 은오가 아무리 발버둥을 쳐도 장정 서넛을 당해낼 순 없었다. 내가 아닌 것에 속으로 감사했다.

"가족 중 두 명이 동의하면 정신 병원에 강제 입원 되는 거 알지? 그동안 많은 사람들을 미치게 했으니까 알 거 아니냐? 이번엔 네가 들어가 있어봐. 혹시 알아? 저 여자하고 조금이라도 떨어져 있으면 제정신이 돌아올지도."

은오는 구급대원들에게 질질 끌려 나가면서 발악했다.

"아버지, 김혜서 저 여자 말 믿지 마세요. 쟤 미쳤단 말이에요."

은오 아버지가 나를 노려보며 언성을 높였다.

"네 녀석이 평생 이 여자한테 휘둘릴 줄 알았다면 15년 전에 널 정신 병원에 처넣었을 거다."

사설 구급대원들에게 은오가 끌려 나가는 걸 보고 나는 혜서의 금목걸이를 손에 움켜쥐면서 자리에서 일어났다.

"무사히 돌아와서 정말 다행이다. 그럼 난 이만 갈게."

"어머님, 어딜 가려고요? 여기 아버님하고 회포 안 풀고요?"

혜서가 이기죽거렸다.

경찰 공무원증을 목에 걸고 있는 남자들이 집 안으로 들어와 내 앞을 가로막았다.

"뭔가 잘못 알고 왔나 본데, 난 죄지은 거 없어요. 돈도 전부 은오 통장에 있고 난 십 원짜리 하나 건드리지 않았어요."

혜서가 두 손으로 노아의 등을 토닥거리며 나지막한 목소리로 말했다.

"아버님께 들었어요. 두 사람, 친모자 관계 아니라면서요? 사제 관계라면서요? 은오 중학교 1학년 때부터였다던데요? 당신, 소아성 애자지?"

나는 고개를 가로저었다.

난 소아성애자가 아니다. 내가 소아성애자였다면 은오가 다 컸을 때 그를 버렸어야 마땅하다. 나는 은오를 사랑한다. 은오도 나를 사랑한다.

아무도 인정해 주지 않는 이 세상에서 우리 둘이 함께하기 위해선 이런 가짜 결혼이 필요했다.

"그 얘길 듣고 조사를 좀 해봤죠. 중학교 1학년 때면 은오 씨 생일이 12월이니 만 13세 미만으로 아동 성폭력 특별법에 걸려요."

"십여 년 전 일이야. 공소시효가 지났다고."

나도 모르게 목소리에 쇳소리가 섞였다.

"아동 성폭력엔 공소시효가 없어요. 심지어 소급 적용도 되고요. 그리고 친고제도 아니고요."

추궁하는 혜서에게 나도 알고 있었다고 소리치고 싶었다. 그래서 이렇게 세상이 그어놓은 금을 따라 밟으며 아슬아슬하게 둘이서 도망 다니고 있는 거라고.

"우린 사랑하는 사이야. 그때부터 지금까지 계속."

"아동이 동의했다 하더라도 성폭력은 처벌받아요."

"우린 그때 플라토닉한 사이였어. 성폭력이라고? 가져다 댈 걸 가져다 대!"

큰소리를 쳤지만 내 귀에도 내 목소리가 공허하게 울렸다.

"어머님 집에 그 사진 말이에요. 어머님이 안고 있던 그 갓난쟁이, 사실은 은오 씨 동생 아니죠? 은오 씨 아기죠?"

다리가 휘청거렸다. 무릎에 힘을 꽉 주고 버텼다.

138

"뭐라고? 난 그때 이혼하기 전이었어. 남편도 있고 애도 있는, 번 듯한 가정을 꾸리고 있었을 때였다고."

"근데 왜 사망신고를 안 했어요? 사실은 못 한 거죠?"

"며칠 못 살다 죽었는데 무슨…."

산부인과에서 집으로 온 며칠 뒤부터 아기가 이상해졌다. 얼굴은 흑갈색으로 변했고 갑각류의 껍질같이 두껍고 단단한 각질이 온몸을 뒤덮기 시작했다.

"우리나라 법상으론 사망신고를 하려면 출생신고부터 하게 돼 있어요. 남편분 자식이었으면 출생신고를 할 수 있었겠죠. 근데 그 아기는 출생신고가 되어 있지 않았어요. 그래서 사망신고도 할 수 없었던 거고요. 유령아기였던 거죠."

"그, 그거야 며칠 만에…."

은오와 나의 사랑이 너무나도 죄스러웠기에 우리 아기는 괴물로 태어난 것이었다.

"어머님이 죽인 거 아니에요?"

"뭐라고? 아니야, 아니야!"

괴물로 변한 아기를 아이스박스에 담아 보일러실 한쪽 구석에 놓아두었다. 은오의 눈에는 아기의 진짜 얼굴이 보이지 않는지 며칠 동안 울면서 아기를 데려오라고 성화였다.

"아기 시체를 지금까지 집에서 보관하고 있는 거죠? 그럴 것 같아서 어머님 집을 아주 샅샅이 뒤져보라고 형사님들께 부탁해 놨죠."

다시 가서 상자를 열어봤더니 아기는 너무나도 예쁜 얼굴로 죽어 있었다. 그제야 나는 깨닫게 되었다. 산후우울증에 걸려서 내가 환각과 환청에 사로잡혀 멀쩡한 아기를 죽였다는 것을.

부엌 쪽에서 이상한 소리가 났다. 바스락거리고 딱딱거리는 소리였다.

김치냉장고 문이 열려 있었다. 그 안에서 수많은 꽃게가 집게발에 붙은 살얼음을 털며 우르르 기어 나왔다. 서로의 몸통을 짓이기고 타 넘으며 천천히 행진했다. 꽃게 무리의 뒤를 쫓으려는 내 팔뚝을 형사가 붙잡았다.

"당신을 지금 현 시각부로 아동 성폭력, 영아 살해 및 시체 손괴 등의 혐의로 체포합니다. 당신은 변호사를 선임할 수 있으며 변명의 기회가 있고…"

어떤 자살

2020년 8월 11일 자 《무진일보》

또다시 생활고로 인한 자살 발생

지난 8일 무진시 북구 우곡동의 한 다세대 주택 반지하 방에서 살던 조 씨(48세)가 노모(72세)의 오랜 간병 생활과 그로 인한 생활고를 비관해 스스로 목숨을 끊는 일이 발생했다. 더 큰 비극은 아들 조 씨의 극단적 선택을 전신 마비의 노모가 곁에서 지켜봐야 했다는 것이다. 이웃 주민의 신고로 출동한 구급대원은 다행히 아사 직전의 노모를 구해 병원으로 이송했으며 현재 노모는 인근 병원에서 치료 중이다.

경찰은 조 씨의 간병 스트레스와 생활고가 상당했다는 점과 외부 침입의 흔적이 전혀 없었던 점 등을 고려해 자살로 추정하고 있으나 정

엄마, 시체를 부탁해

확한 사망원인을 조사하기 위해 국립과학수사연구원에 부검을 의뢰
했다.

구급대원 최 소방교

죄송합니다. 많이 늦었죠? 소방 점검 나갔는데 시비가 붙어서 약
속보다 늦었습니다. 아, 우곡동 자살 사건 말이죠?

간병 자살도 간병 살인에 포함되는 거군요. 몰랐네요.

음, 구내 소방서로 신고 전화가 접수된 건 정오 무렵이었어요. 옆
집에서 악취가 난다는 이웃 주민의 신고였는데 출동 준비를 하면
서 저는 바짝 긴장할 수밖에 없었어요. 무더위가 한창이었고 연일
역대 최고 기온을 갈아치우고 있었거든요. 이런 폭염에 다세대 주
택에서, 그것도 반지하 단칸방에서 악취가 난다는 신고일 경우, 십
중팔구 고독사예요. 그런 현장은 몇 번을 봐도 익숙해지지 않아요.
볼 때마다 힘들고 괴롭죠.

구급 조장인 저와 구급 대원 2인, 구급차를 운전하는 1인, 그렇
게 총 4인이 1조로 하여 투입되었어요. 좁은 골목길에 도착하자마
자 저는 집 주변을 둘러보며 진입 경로부터 파악했어요. 집 밖으로
나 있는 창문은 화장실 환기창뿐이었고 고장 난 환기 팬을 떼어내
더라도 성인 남자 한 명이 들어가기엔 무리인 크기였어요.

건물 좌측 측면에 지하로 내려가는 계단이 따로 나 있었는데 문

이 특이하게도 아파트 현관문이었어요. 회색 방화문 아시죠? 네, 거기에 빨간색 커버를 올렸다 내렸다 하는 구식 도어록이 설치되어 있더라고요.

초인종을 여러 번 눌러 보았지만, 안에선 아무런 응답이 없었어요. 현장 지휘를 맡은 제 판단으로 현관문 쪽 진입이 결정되었어요. 손잡이와 구식 도어록은 쇠지레로 쉽게 뜯어낼 수 있었지만, 방범용 안전고리가 걸려 있어 바로 진입할 순 없었어요. 스테인리스 재질의 일자형 고리라서 절단기가 필요했거든요.

한 뼘 정도 벌어진 틈새로 지독한 악취가 새어 나왔어요. 다들 마스크를 쓰고 있었지만, 코를 막고 몇 걸음 뒤로 물러났을 정도였어요. 욕지기가 치밀어 오르는 걸 꾹 참고 저는 벌어진 틈으로 가스 탐지기를 들이밀었어요. 가스 누출을 확인하기 위해서였어요.

"에어 톱 가져와."

방범용 안전고리를 자른 후 제가 제일 먼저 집 안으로 들어갔어요. 입구 좌측엔 화장실이, 우측엔 두 칸짜리 싱크대가 놓여 있는 지하 단칸방이어서 여기저기 둘러볼 필요도 없었어요. 처참한 광경이 한눈에 들어왔어요.

온갖 생활 쓰레기들 사이에 사각팬티 차림의 남자가 배설물로 더럽혀진 엉덩이를 치켜들고서 큰절을 하는 자세로 고꾸라져 있었어요. 넙데데한 등판 위에 형광등이며 천장 벽지며 나무 각재들이 수북이 쌓여 있었고 꺼먼 부패액이 남자의 축 늘어진 뱃살 밑에 고여 있었어요. 뒤따라 들어온 대원 중 하나가 참지 못하고 컥컥대며 집 밖으로 뛰쳐나갔어요.

저는 남자에게로 다가가 상황을 살폈어요. 머리맡에 빈 소주병들과 작은 약상자가 나뒹굴고 있었어요. 남자의 목에는 빨랫줄이 감겨 있었고요. 누가 봐도 명백한 변사 현장이라서 경찰에게 인계하기 전까지 손을 대지 않을 작정이었어요.

그런데 남자의 시신 옆에 웬 백발 노파 한 분이 땟국에 절은 차렵이불을 턱 밑까지 덮고 누워 있는 게 아니겠어요? 감은 두 눈은 푹 꺼지고 입을 커다랗게 벌리고 있는 노파의 모습은 완전히 쪼그라든 미라 같았어요. 바로 그때 죽은 줄 알았던 노파가 턱을 달달 떨면서 신음 소릴 내뱉는 것이었어요.

"여기 생존자다! 살아 있다!"

무진 병원 응급의학과 닥터 송

아, 간병 살인에 관한 르포를 쓰신다고요? 글쎄요. 언제쯤 신영순 환자분하고 인터뷰가 가능할지는 잘 모르겠어요. 환자 안정이 우선이니까요.

들것에 실려 온 신영순 환자는 오랫동안 영양공급을 제대로 받지 못한 상태였어요. 병상으로 옮기던 구급대원 말이 어린아이보다 가벼워서 놀랐다고 하더라고요.

맥박은 미약했고 체온이 정상보다 낮았어요. 두 눈에 동공 반사

반응이 없었고요. 근력과 피하지방이 손실되어 온몸의 뼈란 뼈는 다 튀어나와 있었고 치아 대부분이 빠져서 몇 개밖에 없었어요. 아마 영양실조가 원인이겠죠.

배설물로 딱딱해진 종이 기저귀를 잘라냈더니 욕창이 심해져서 지름 7센티 정도 꼬리뼈를 중심으로 동그랗게 피부가 괴사했더라고요.

일단은 정맥주사를 놓고 수액 링거를 달도록 응급조치했고요. 심전도 검사, 전해질 검사, 피 검사, 엑스레이 촬영 등 정밀 검사를 시행했어요.

엑스레이 촬영 결과, 식도와 위장에 정체 모를 이물질로 꽉 차 있는 걸 발견했어요. 나중에 제거 수술을 했는데, 전부 이불 레이스 같은 것들이었어요. 배가 너무 고파서 덮고 있던 이불자락을 뜯어 먹었던 거죠. 대략 6미터 정도나 되더라고요.

부모에게 버림받고 아사(餓死)했던 꼬마들이 먹을 게 없어 기저귀를 뜯어 먹었더라는 기사를 예전에 본 적이 있어요. 근데 실제로 접한 건 이번이 처음이에요. 뭐라고 해야 할까요. 얼음장처럼 차가운 물에 몇 번이고 얼굴을 씻고 싶은 기분이었다고나 할까요.

전신 마비인데 어떻게 움직일 수 있냐고요? 전신 마비 중에 불완전 마비일 경우 자가 호흡도 가능하고 목을 움직일 수도 있고 신체 일부의 감각도 느낄 수 있어요. 신영순 환자분도 불완전 전신 마비 환자로 목 정도는 움직일 수 있어요. 그러니 덮고 있던 이불자락을 뜯어 먹었던 거죠. 하지만 그 외 부분의 신체 운동은 불가능해요.

엄마, 시체를 부탁해

5년 전에 '낙상'으로 6번 경추가 손상되어 수술받았고 그때 전신 마비 판정을 받은 거로 기록되어 있네요. 음, 예전 낙상 사고에 대해서는 저도 잘 몰라요. 그건 그 당시에 신영순 환자를 치료한 병원에 직접 문의하는 게 좋을 듯하네요.

부검감정서

변사자: 조금수(남자, 48세)
의뢰관서: 무진시 북구경찰서
부검장소: 국립과학연구원 부검실
입회자: 담당 경찰관
일시: 2020년 8월 9일

감정사항: 사인(死因)

주요 해부 소견(主要 剖檢 所見)
1.
본시(本屍)는 신장 약 176cm, 몸무게 90kg의 남성시(男性屍)
가. 전신 상태: 영양 및 체격 상태 양호.
나. 시반(屍斑) 없음.
다. 혈중알코올농도가 0.12%로 간출(肝出)됨.
　　10mg의 독시라민 성분이 간출(肝出)됨.

2.
안면(顔面)에 울혈 및 일혈점(溢血點)의 소견은 보지 못함.
턱 좌측에서 미세한 표피박탈(表皮剝脫), 우측 귓불 아래에 인접한 선상의
표피박탈(表皮剝脫) 2개소를 봄.
두부(頭部) 내 특이할 병변(病變)이나 손상(損傷)을 보지 못함.

3.
본시(本屍)의 사인(死因)은 불완전(不完全), 비전형적(非典型的) 의사(縊死)이
며 안면부(顔面膚) 및 경부(頸部)에서 관찰된 전반적인 소견(해부 소견 참조)
으로 미루어 본건의 경우, 사망 직전에 일부 신경 압박(神經 壓迫) 및 견인
(牽引)에 의한 반사적 심정지(心停止)가 작용하였을 가능성이 큼.

엄마, 시체를 부탁해

북구경찰서 형사과 이 형사

의사(縊死), 이게 뭐냐면 사망자가 제 손으로 목을 매서 질식사했단 말이거든요. 근데 어떻게 제 손으로 목맨 걸 알 수 있냐? 끈에 졸리면 자국이 남겠죠? 다른 사람이 뒤에서든 앞에서든 조르면, 어때요? 끈이 수평적이죠? 근데 부검감정서에 뭐라 적혀 있어요? 턱 밑하고 귀밑하고 요렇게 U 자형으로, 봐요. 고리에 목을 걸어야 요런 모양이 되겠죠? 그리고 견인! 이거 진짜 중요해요. 끈에 자기 체중이 실리니까 어떻겠어요? 목이 늘어나겠죠? 다른 사람이 목 졸라 죽였으면 견인, 이거 안 나타나요.

아, 발견 당시 사망자가 엎드린 자세였던 건 맞아요. 근데 그게 처음엔 천장 전등에다 목을 맸거든요. 근데 위층 누수 때문에 약해진 천장재가 90킬로그램의 사망자를 견디지 못하고 무너져 내렸던 거예요.

어쩌면 바닥에 떨어졌을 때 숨이 붙어 있었을 수도 있어요. 그런데 빨랫줄 매듭을 에번스 매듭으로 묶었더라고요. 이게 교수형 매듭이라고 하는 건데, 한번 조이면 풀 수가 없어요. 그런데 왜 이 매듭으로 묶었냐? 나는 자살에 실패하고 싶지 않다, 이거죠. 혹시나 중간에 실패해도 끈을 풀 수가 없으니까 결국엔 질식사하거든요.

아아, 혈중알코올농도? 소주 한두 병 마신 상태에서도 매듭 같은 건 묶을 수 있지 않나? 자전거 타는 법하고 비슷하잖아요. 한번 익히면 잘 안 잊어버리죠. 평소에도 연습했는지 여기저기 매듭지어

놓은 빨랫줄들이 꽤 많이 널려 있던데요?

네? 독시라민? 그거 수면제도 아니고 수면유도제에요. 신영순 씨가 처방받은 거라던데요. 조 씨가 막상 자살하려니까 겁이 났던 거죠. 그래서 소주 왕창 퍼마시고 그걸로도 모자라서 수면유도제까지 삼키고 목을 맸던 거고. 독시라민 10mg이면 치사량도 아니에요. 알약 하나에 5mg이거든요.

사망 시각은 대략 4, 5일 전쯤? 시신의 부패 상태와 할머니 몸 상태를 보고 대충 추정해 본 결과가 그래요.

유서? 유서는 발견 안 됐죠. 근데 기자님이 거기 안 가봐서 그런 소릴 하는 거예요. 볼펜 한 자루 나올 만한 집이 아니에요. 완전히 쓰레기장이야.

타살 가능성? 참나, 거기 밀실인데, 누가 어떻게 죽여요? 설마 지금, 전신 마비 할머니까지 의심하는 거예요? 사실 부검 안 해도 되는 건데 생활고 비관 자살 사건들이 올해 들어 부쩍 느는 바람에 위에서 하라고 해서 한 거고만. 그리고 조금수 씨가 몇 년 전에 사기를 당해서 개인파산 상태예요. 병원비에 병간호비에 돈은 계속 들어가지, 통장은 텅텅 비었지, 그나마 집에서 간병을 도와주던 딸까지 가출했지, 솔직히 나 같아도 극단적인 선택하겠다.

딸? 조연서라고 무진고 다니는 딸이 하나 있는데 뭐, 안 봐도 뻔하지. 그런 집구석 못 견디고 나갔겠죠. 어디 가출 팸에나 들어가 있으려나. 아무튼, 그건 우리 소관 아니고, 여청계 소관이니 알아서 하겠죠.

엄마, 시체를 부탁해

아니, 근데 왜 자꾸 자살로 종결된 사건에 재수 없게 타살 타령이야? 수사는 경찰이 하는 거지 기자가 하는 건가?

무진고 1학년 최 양

누구요? 조연서요? 네, 아는데요. 잘 아는 건 아니고요. 같은 중학교 나왔어요.

10분 정도요? 정각에 학원 차가 와요. 그때까지는 시간 나요.

그 애하고 그다지 친하진 않았어요. 그냥 그런 애 있잖아요. 너무 환해서 가까이 갈 수 없는 부류요. 대낮에 집 밖에다 꺼내놓은 이삿짐들처럼 그 애 곁에만 있으면 나 자신이 추레하고 초라하게 느껴지게 만드는 그런 애 말이에요. 집도 부자고 공부도 잘하고 얼굴도 예쁘고 게다가 착하기까지. 친해지고 싶어도 친해질 수가 없었어요. 하지만 제 마음속 깊은 곳에는 그 애를 향한 동경 같은 게 있었을지도 모르죠. 제 두 눈이 언제나 그 애의 뒤를 쫓았으니까요.

중2 땐가? 제가 다녔던 중학교는 대단위 아파트 단지 안에 새로 지은 학교라서 체육관이나 학생회관 공사가 마무리되지 않고 한창이었어요. 등굣길에 연서를 우연히 보게 됐는데 건축 자재들이 쌓여 있는 곳으로 가는 거예요. 따라가 봤더니 걔가 우수관을 내려다보면서 우두커니 서 있더라고요.

"거기서 뭐 해?"

"쉿!"

연서가 장밋빛 도톰한 입술에 새하얀 검지를 세워 가져다 댔어요. 저도 가서 우수관 속을 들여다봤죠. 그 안엔 뒷다리와 엉덩이가 시멘트에 파묻힌 고양이 한 마리가 누워 애처롭게 울고 있었어요. 시멘트 덩어리가 네모반듯한 거로 보아 누군가 악의적으로 고양이를 거푸집에 담가 굳힌 게 분명했어요.

"불쌍해라. 야, 빨리 119 부르자."

"저러고 벌써 한 달 버텼어. 벌레들과 세균들이 피부와 근육까지 다 갉아 먹었을 거야. 꺼내도 영영 다리를 쓸 수 없어."

"한 달이나? 근데 어떻게 안 죽고 살아 있어?"

"고양이 분유에 항생제를 타서 먹여주고 있거든. 근데 곧 죽을 거야. 갈수록 먹는 양이 줄어서."

연서는 가방에서 빨대와 보온병을 꺼냈어요. 길게 이어 붙인 빨대를 우수관 아래로 집어넣자 고양이가 그 끝을 할짝할짝 핥아댔어요. 보온병 속에 든 분유를 마셔 입안에 머금더니 빨대를 물고 조금씩 흘려보냈어요. 매일 아침 이곳에 들른 연서 덕에 고양이가 한 달 동안이나 살아 있던 거였어요.

"너도 해볼래?"

보온병을 건네는 연서의 입꼬리가 올라가 있었어요. 인형같이 깜찍하게 미소 짓는 얼굴을 보자 이상하게 등골이 서늘해지더라고요.

"한 달 됐다며? 그럼 한 달 전에 넌 뭐 했어? 그때 고양이를 구할

엄마, 시체를 부탁해

수 있었잖아?"

전 뒷걸음질을 쳤어요.

"내가 왜 그래야 하는데?"

너무나도 말간 얼굴로 나를 쳐다보는 그 애가 무서워졌어요.

전 그날부터 연서를 피해 다녔어요. 그랬더니 언제부턴가 이상한 소문이 돌기 시작했어요. 제가 길고양이들을 잡아다가 학대하고 다닌다고요. 음울하게 생긴 년이 하는 짓도 음울하다나 어쨌다나. 이 소문이 담임 귀에까지 들어가서 전 부모님을 학교에 모셔가야 했어요.

따졌냐고요? 그 애가 직접 시멘트 고양이를 만들었다는 증거도, 저에 대한 헛소문을 퍼트리고 다녔다는 증거도 없잖아요. 하지만 복도에서 연서와 마주쳤을 때 한번 물어보긴 했었어요.

"그 고양이, 나한테 왜 보여준 거야?"

"혼자만 알고 있는 건 재미없으니까. 그리고 난 알고 있었어. 네가 언제나 날 바라보고 있었단 걸. 하지만 네가 이렇게 멍청한 애일 줄은 몰랐네."

연서한테는 저 같은 추종자가 필요했던 거예요.

친구요? 친구 흉내 내는 아이들은 많았었죠. 하지만 그 애 집이 망해버리자 다들 뒤도 안 돌아보고 떠나버렸어요.

아? 저기 연서 남자친구가 가네요. 중학교 때는 돈 많고 집안 좋은 남자애들하고만 어울리더니 집이 망하니까 취향도 망해버렸나 봐요. 고소하냐고요? 아니요. 전 개하고 전혀 안 친하다고요. 저 걸

렁껄렁한 선배한테나 물어보세요. 저보다는 친할 거 아니에요.

무진고 2학년 박 군

남자친구 아닌데요. 엑스 보이프랜드인데요. 100일 넘게 사귀었어요. 지금은 헤어졌지만요. 뭐, 서로 안 맞으면 헤어질 수 있잖아요. 성격 차이, 그런 거? 연서 걔 좀 짜증 났어요. 휴대전화도 없고 자주 만나지도 못하고요. 아, 진짜, 걔는 결정적으로 헤퍼요. 지조가 없어요.

올봄에 해외직구로 뭘 좀 샀는데 배송지를 우리 집 주소로 입력해도 되냐고 그러더라고요. 항공 소포로 작은 상자 하나가 왔는데 궁금하더라고요. 그래서 열어봤죠. 'MIFEGYNE'이라고 적힌, 작은 약상자 같은 게 나왔어요. 뭘까 싶어 인터넷에 찾아봤더니 불법 낙태약이데요.

씨바, 나한테는 손도 못 대게 해놓고선. 노래방에서 가슴 좀 만지려고 하면 연서, 그년이 얼마나 고래고래 소리 지르고 거품 물고 덤비는데요. 열이 확 뻗치데요.

버릴까 했는데 그래도 갖다주는 게 맞는 것 같아서 새로 이사했다는 동네로 갔어요. 근데 골목길에서 걔 아빠하고 딱 마주쳤지 뭐예요. 무슨 오해를 했는지 아저씨가 불같이 화를 내며 저를 막 두들겨 팼어요. 연서가 뛰쳐나와 아저씨를 온몸으로 붙들어서 전 겨우 도망칠 수 있었어요.

짜증 나고 재수 없고 그래서 두 번 다시 안 만나려고 했는데 얼마 전에 항공 소포가 또 온 거예요. 궁금해서 뜯어봤죠. 겉봉에 'ENFOMIL'이라고 찍혀 있는 상자가 나오더라고요.

"엔파밀? 이건 또 뭐야?"

인터넷에 찾아봤더니 미숙아한테 먹이는 모유 강화제더라고요. 아파서 학교 휴학한다더니 애를 낳으러 갔던 거예요. 씨바, 다들 연서가 내 애를 배서 학교를 그만둔 줄 알아요. 한번 하기라도 했으면 억울하지 않아요.

네? 제가 먼저 연서하고 잤다고 소문내고 다녔던 것 아니냐고요? 아, 짜증 나 돌겠네.

걔 메일 주소요? 당연히 알죠.

보낸 메일

보낸 사람: 석수진 기자
받는 사람: 조연서
2020년 9월 16일 (수) 오전 09:40

안녕하세요. 전 간병 살인에 대해 르포를 쓰고 있는 《무진일보》 사회부 기자, 석수진이라고 합니다. 먼저 미안하다고 사과하고 싶어요. 연서 양에게 묻지도 않고 아버님 사건을 재조사하고 있거든요. 아버님의 죽음에 몇 가지 의문점이 있어요. 경찰은 자살로 종결했지만 제 생각으론 아무래도 자살이 아닌 것 같아요.

참, 연서 양, 혹시 자살자 심리 부검이라고 들어본 적 있나요?

연락 기다릴게요.

무진시 북구청 임 주무관

9월 17일 오후 02:15
발신 전화, 4분 3초

우곡동 자살 사건요? 그 일로 항의 전화를 꽤 받았죠. 그런데 조금 억울합니다. 조금수 씨 댁은 기초생활 수급에 장애인 연금까지 받고 있었어요. 물론 그것만 가지곤 세 식구 먹고살기에 턱없이 부족했을 거예요. 그래도 복지 사각지대에 방치되어 있던 건 아니에요. 중증장애인 생활 도우미 서비스, 조석 도시락 배달 서비스도 지원받고 있었어요. 조금수 씨가 다 필요 없다, 돈으로 달라, 생떼를 쓰면서 도우미분들을 쫓아내지만 않았어도 서비스 중단 안 됐을 거예요.

조연서 학생요? 얼마 전에 저소득층 학생들을 위한 장학금 지원 사업이 있었는데 조연서 학생을 추천한 사람이 바로 접니다. 오백

엄마, 시체를 부탁해

만 원요. 근데 통장이 텅텅 비었다니 조금수 씨가 도박에라도 손을 댔던 걸까요?

아무튼, 조연서 학생이 참 딱하죠. 중증장애인 서비스도 걔가 다 신청했고요. 할머니 하나 돌보는 것도 힘에 부칠 텐데 아이들을 무척이나 좋아해서 보육원에 자원봉사도 나가고 하는, 그런 착한 아이예요. 부모 잘못 만나서 그 고생이죠. 참 안됐어요.

받은 메일

보낸 사람: 조연서
받는 사람: 석수진 기자
2020년 9월 17일 (목) 오후 03:40

저희를 제발 내버려두세요.
부탁입니다.

보낸 메일

보낸 사람: 석수진 기자
받는 사람: 조연서

2020년 9월 17일 (목) 오후 05:15

연서 양, 할머님께서 지금 많이 위독하세요. 의사 말로는 회복할 가능성이 없대요. 연명 치료조차 중단해야 할지 모른대요.

옆집 주인 곽 여사

뭐? 르포? 논픽션? 뭔 소린지 하나도 모르겠네.

딴 데 가서 물어봐. 난 아는 게 하나도 없으니까. 옆집 일이라면 입도 벙긋하고 싶지 않아.

신고? 신고는 내가 했지. 냄새 땜에 그 앞을 지나다닐 수가 있어야지.

글쎄, 한 2년 됐나? 조 씨가 이사 온 게. 옆집 주인 할아범이 아흔 살인데 조 씨 이사 오고 치매에 걸려버려서 자식들이 저기 저, 경북 상주인가? 어디 요양소에 입원시켰다지, 아마.

누수? 가끔 자식들이 들러서 청소나 하고 갈까, 집에 물이 새든 구멍이 나든 누가 신경이나 쓰나. 어차피 여기 재개발될 동네인데 뭐 한다고 집을 고치고 꾸미고 그러겠어. 그래도 사람이 있고 없고 천지 차이라서 조 씨를 안 쫓아내고 내버려둔 거지. 그래서 그렇게 조 씨가 안하무인이었어. 음식물 쓰레기, 재활용 쓰레기, 제때 내놓는 적이 없고 매일 술에 찌들어선 지나가는 사람들한테 시비란 시

엄마, 시체를 부탁해

비는 다 걸고. 아주 말도 마. 인간 말종도 그런 인간 말종이 없었어.

근데 할미는 어찌 됐어? 살았어? 다행이네. 조 씨 딸내미가 제 할미한테는 아주 극진했거든. 걔가 집 나가기 전까지만 해도 할미를 휠체어에 태워서 요 앞 골목길을 매일 왔다 갔다 했어. 그렇게 착한 애를 죽은 조 씨가 아주 쥐잡듯 잡았어. 툭하면 도둑년, 미친년, 소름 끼치는 년, 온갖 소릴 다 하면서 두들겨 팼어. 신고했냐고? 미쳤어? 그랬어 봐. 조 씨가 우리 집에 불이라도 질렀을걸.

하루는 밤에 음식물 쓰레기 통을 내놓으려고 골목에 나왔는데 전봇대 뒤에서 뭔가 허연 게 쪼그리고 앉아 있는 거야. 보니까 조 씨 딸내미더라고. 조 씨가 다 큰 여자애를 홀딱 벗겨서 쫓아냈지, 뭐야. 며칠 전에도 남자를 밝히네, 발랑 까졌네, 하면서 애 머리끄덩일 잡고 온 동네를 질질 끌고 다녔거든.

사귀는 남자 본 적 있냐고? 나야 본 적도 없고 있는지 없는지 관심도 없고 조 씨가 남우세스러운 줄도 모르고 동네방네 불고 다니니까 있는가 보다 했지.

애가 여간 반반한 게 아니거든. 피부가 쌀뜨물보다 더 뽀얗고 눈이 사슴 눈깔처럼 크고 슬퍼서 남자들 꽤 홀리게 생겼거든.

아무튼, 집에 데려와서 내 옷 입으라고 주고 뜨신 밥 한 끼 해서 먹였어. 근데 밖에선 어두워서 몰랐는데 집에 와서 보니까 엉망이더라고. 손목, 발목 이런 데가 다 빨갛게 부풀어서는 얼핏 보니 개를 키우는 것도 아닌데 종아리 안쪽엔 물린 자국도 있고.

밥 다 먹었으면 집에 가라 그러니까 돈 좀 빌려달라 하대. 일해서 꼭 갚겠다며 계좌번호도 가르쳐 달라 그래서 계좌번호 적은 쪽지하고 돈 몇만 원 쥐여줬지. 그러고는 그 길로 집을 나갔어. 그게 올봄에 있었던 일이지, 아마.

그래, 그러고 보니까 내가 신고하기 전전날인가? 조 씨 딸내미가 돈을 갚았더라고. 근데 꿔준 돈보다 훨씬 많이 부친 거야. 아, 제 할미 좀 챙겨달라고 돈을 더 줬나 보다, 과일이라도 사서 넣어줘야지, 하다가 다음날 친척 결혼식이 있어서 깜빡해 버렸지, 뭐야. 그러다 그날 퍼뜩 생각이 나서 가봤던 거야. 어쨌든 다행이네. 조금만 더 늦게 신고했더라면 큰일 날 뻔했잖아.

이제 됐지? 아유, 속 시끄러우니까 그만 가!

메모

훔쳐 갈 것 하나 없는 변사 현장이라 그런지 현관문 손잡이와 도어록이 떨어져 나간 채로 방치되어 있었다. 대신에 맹꽁이자물쇠가 달려 있었다. 주먹만 한 구멍으로 들여다보아도 집 내부가 보이지 않았다. 희미한 화학약품 냄새를 맡을 수 있었다. 특수청소 업체가 다녀간 듯했다.

무진시 특수청소 업체는 총 5곳이었다. 나는 5곳의 홍보 사이트를 일일이 뒤져 조 씨의 집을 청소했던 업체를 찾아냈다.

사이트에는 쓰레기들과 가구를 들어내고 장판과 벽지를 제거한

엄마, 시체를 부탁해

후 스팀 청소와 탈취 작업을 하는 전 과정이 여러 장의 사진과 함께 기록되어 있었다. 8월 중순부터 9월까지 업로드된 게시물들을 샅샅이 뒤져 조 씨의 집을 찾아냈다. 게시물 작성자가 몇몇 사진 파일을 잘못 업로드하여 사진이 90도로 회전된 것도 있었다. 상하 좌우가 바뀌어 있는 것도 있었다.

군데군데 곰팡이가 내려앉은 집 안, 커다랗게 뚫려 있는 천장 구멍, 바닥까지 길게 늘어진 형광등과 전선들, 곰삭은 차렵이불들. 그 중에 한 장은 이불자락을 장식하는 레이스들이 뜯어져 있었다. 약상자와 소주병들도 보였다. 여기저기에 매듭지어 놓은 빨랫줄들이 널려 있었다.

로잉 머신처럼 발을 끼워 넣고 줄을 잡아당기는 형태의 운동 기구도 있었다. 발 받침대와 줄과 손잡이가 형광 연두색이라서 눈에 확 띄었다. 반신불수의 할머니나 매일 술에 찌들어 사는 조금수 씨의 물건 같지는 않았다.

화장실을 찍은 사진도 있었다. 더러운 양변기, 깨진 세숫대야, 먹다 만 컵라면들, 냄비들. 부엌에 있어야 할 물건들이 화장실에 처박혀 있었다. 이 형사 말 대로 쓰레기장이나 다름없었다.

하지만 인터뷰 내용과 다른 점도 있었다. 최 소방교의 말과 달리 환풍기는 고장 난 게 아니었다. 전선이 뽑혀 있었다. 만약에 환풍기가 고장 난 거라면 굳이 전선을 뽑아놓지 않았을 것이다. 누가, 왜, 전선을 뽑아놓은 거지?

보낸 메일

보낸 사람: 석수진 기자

받는 사람: 조연서

2020년 9월 19일 (토) 오전 11:28

조금수 씨에겐 어떠한 자살 동기도 징후도 찾을 수 없었어요. 누가 봐도 완벽한 이 자살 사건에 말이죠.

그런데 전 몇 가지 이상한 점을 발견했어요.

조금수 씨도 자신이 뚱뚱하단 걸 알고 있었을 텐데, 왜 하필 누수로 약해진 천장 형광등에 로프를 걸었을까요?

마침 저한테 사건 현장을 찍은 사진이 있어서 여러 각도로 돌려서 살펴보았죠. 청소 업체에서 실수로 사진들을 상하좌우로 바꿔 업로드해 놓은 사진들에서 힌트를 얻었어요.

사건의 진실을 깨달았을 때 저는 무릎을 탁하고 쳤습니다. 연서 양의 지혜에 감탄했습니다.

진실은 어느 방향에서 바라보느냐에 따라 달라지는 거죠? 그렇죠?

엄마, 시체를 부탁해

연서 모(母) 후배 예 씨

9월 19일 오후 03:04
발신 전화, 30분 3초

아아, 형부가요? 왜요? 제 반응이 너무 심드렁한가요? 언니가 교통사고로 죽고 나서 왠지 형부도 곧 죽을 거 같았어요. 언니가 우리를 가만 놔둘 리가 없잖아요. 호호.

언니는 심한 우울증을 앓고 있었어요. 지금 생각해 보면 조현병일지도 모르겠네요. 아무튼, 언니는 정상이 아니었어요. 자기가 배 아파 낳은 연서를 힘들어했어요. 애를 먹이고 씻기고 입히고 하는 걸 힘들어한 게 아니라 그냥 그 아이의 존재 자체를 못 견뎌 했어요. 정이 조금도 안 간다고 했어요. 애를 껴안으면 따듯하고 포근한 느낌이 들어야 하는데 뱀처럼 차갑고 징그러운 느낌이 든다고 했어요. 그래서 제가 자주 들러서 연서도 돌보고 형부도 챙겼어요. 형부는 정력적인 사람이었고 운영하고 있던 벤처 사업이 잘되고 있어서 가정을 돌볼 새도 없었어요. 그래서 언니의 병이 더 깊어진 건지도 몰라요.

연서가 아홉 살 때쯤인가? 제가 일 마치고 집엘 들렀더니 언니가 욕실에 서서 가만히 욕조 속을 들여다보고 있는 거예요. 욕조 속에는 색색의 거품들만 두둥실 떠다니고 있었어요. 엄마하고 장난친다고 잠수라도 한 것인지 애는 보이지 않았어요.

"언니, 목욕시키고 있었어? 연서야, 이모 왔다."

그런데 좀 이상한 거예요. 물속에서 머리를 치켜들고 키득거려야 할 때가 한참 지났던 거예요. 저는 얼른 거품 속에 양손을 집어넣었어요. 물이 우물물처럼 차가웠어요. 미끄덩거리는 연서의 몸이 손에 잡혔어요. 건져 올린 아이를 침실로 데려가 눕히고 커다란 수건으로 감싼 뒤 차갑고 조그마한 몸을 계속 주물렀어요.

"참, 이상한 애야. 왜 저럴까. 난 진짜 쟤 이해가 안 가."

언니는 양손으로 팔뚝을 문지르며 중얼거렸어요.

"언니 제정신이야? 지금 아홉 살짜리가 일부러 이랬다고?"

"내가 마음에 안 들어서 저러는 거야. 날 아동 폭력 가해자로 만들려고."

전 고개를 절레절레 흔들었어요.

"언니, 정신과 상담 좀 받아봐. 진심으로 하는 말이야."

연서는 다행히 금방 회복했고, 언니는 제 충고를 받아들여 정신과 진료를 받기 시작했죠. 불안정한 언니 때문에 전 더 자주 형부 집에 드나들었고 그러다 보니 자연스레 보모 역할을 하게 됐어요.

그러다가 그만 그 일이 일어났던 거예요. 시댁에 다녀오던 길이었대요. 형부가 졸다가 졸음 쉼터에 주차된 트럭을 받았는데 조수석에 타고 있던 언니만 죽었어요. 연서도 있었는데 다행히 운전석 뒷좌석에 타고 있어서 가벼운 타박상 외엔 별다른 상처를 입지 않았대요.

솔직히 전 그다지 슬프지도 않았어요. 언니는 그때 임신 4개월이

엄마, 시체를 부탁해

었거든요. 자기 몸 하나 건사하기도 힘든 사람이 또 임신이라니. 제가 돌봐야 할 아이가 하나 더 늘어나는 거잖아요?

전 아예 형부 집에 짐을 싸서 들어왔어요. 제 노력과 마음이 전해진 건지 연서도 저를 정말 많이 따랐고요. 한순간 아주 완벽한 가정을 갖게 된 듯한 소속감과 충만함에 빠져 있었어요. 하지만 그건 제 착각이었어요.

언니가 죽고 1년 뒤쯤 지났을 때였어요. 연서가 건네준 오렌지 주스를 마시고 깜빡 잠이 들었어요. 배가 뒤틀리는, 극심한 통증 때문에 잠에서 깼는데 이부자리가 축축한 거예요. 보니까 하혈을 엄청나게 했더라고요. 유산한 거였어요. 연서가 침대 옆에 서서 싸늘한 얼굴로 절 내려다보고 있었어요. 피범벅이 된 저를 마치 땅바닥에 기어다니는 벌레 보듯 하는 표정이었어요.

짐을 싸서 도망치려는데 제 여행용 가방이 열려 있는 거예요. 연서가 그 속에서 약들을 찾아냈던 걸까요?

집에서 뛰쳐나간 저 대신에 연서의 친할머니가 시골에서 올라왔다고 하더라고요. 그때 전 할머니 뒤에 어른거리는, 불온한 그림자를 느낄 수 있었어요. 아니나 다를까 4층에서 떨어진 할머니는 두 번 다시 제 발로 걸을 수 없게 됐다고 하더라고요.

그 가족은 저주받았어요. 무슨 저주냐고요? 당연히 억울하게 죽은 언니의 저주죠. 아, 정말 소름 끼쳐요. 요즘 꿈에 언니가 자꾸 나타나 저를 원망해요. 이젠 형부도 저를 찾아올까요?

잠이 오네요. 이만 끊을게요.

보낸 메일

보낸 사람: 석수진 기자
받는 사람: 조연서
2020년 9월 20일 (일) 오후 02:08

부모님이 연서 양을 방임하고 학대한 걸 알아요. 어머니는 무관심하다 못해 연서 양의 존재 자체를 거부했고 아버지는 폭언과 폭력을 일삼았죠. 2차 양육자는 정신적으로 불안한 사람이었고요. 연서 양의 잘못이 아니에요.

가끔은 정말 죽어 마땅한 인간들도 있지요. 복수는 신의 것이라지만 신이 모든 곳에 머무르는 건 아니니까요.

전 이해해요. 나라도 그렇게 했을 거예요.

보낸 메일

보낸 사람: 석수진 기자
받는 사람: 조연서
2020년 9월 20일 (일) 오후 11:08

연서 양, 이런 소식을 전하게 되어 유감이에요. 저도 좀 전에 병원 관계자에게 전해 듣고서 마음이 많이 아팠어요. 할머니께선 분명 좋은 곳으로 가셨을 거예요.

　힘내요.

받은 메일

보낸 사람: 조연서
받는 사람: 석수진 기자
2020년 9월 21일 (월) 오전 01:15

　수진 언니, 언니라고 불러도 될까요? 항상 제게도 언니가 있었으면 했어요. 그랬다면 좀 다른 인생을 살고 있지 않았을까 늘 궁금했어요. 언젠가 누군가는 저를 찾지 않을까, 생각했어요. 그 사람이 수진 언니라서 정말 다행이에요.

　밤이 무섭지 않고 이토록 아름답다는 걸 전 그 지하 단칸방을 뛰쳐나오고 나서야 알았어요. 밤마다 이불을 머리끝까지 뒤집어쓰고 두려움에 떨지 않아도 된다는 것에 기뻤어요.

　언니, 전 일곱 살 때부터 아빠의 성 노리개였어요. 지금 와 생각해 보면 엄마가 아주 오랫동안 아팠기 때문에 아빠는 욕정을 풀수 있는 곳을 찾았던 것 같아요. 하지만 어렸을 땐 세상 모든 부녀 관계가 다 그런 건 줄 알았어요. 좀 크고 나서야 그게 아니란 걸 깨닫게 되었고 그래서 용기를 내어 엄마에게 제 끔찍한 비밀들을 모두 털어놓았어요.

엄마는 아빠한테 엄청 화를 냈고 아빠도 엄마한테 소리를 질러댔어요. 두 사람은 할머니 집에 다녀오던 차 안에서도 싸웠어요. 그러다 화가 머리끝까지 치민 아빠는 엄마의 상반신을 덤프트럭 아래에 처박고 말았어요.

저는 입을 다물 수밖에 없었어요. 아빠가 엄마의 생명 보험금을 헤지펀드로 몽땅 날려 먹었을 때도, 아파트 4층에서 할머니를 밀어 떨어뜨렸을 때도, 그리고 할머니의 상해 보험금까지 사기를 당해 모조리 잃었을 때도, 저는 침묵했어요. 행여 제가 뭐라고 말하면 애꿎은 사람들이 다칠까 봐 그랬어요.

하지만 제 딸, 별이 만큼은 제 손으로 지켜내야 했어요. 전 그동안 아빠의 무지막지한 폭력에 두 번이나 유산했어요. 그때마다 아빠는 비릿하게 웃으며 말했어요. 딸만 낳기만 해봐라, 네 딸도, 네 딸의 딸도, 그 딸의 딸도, 모두 다 너 같은 신세가 될 거니까, 라고요.

언니, 처음엔 별이도 지우려고 했어요. 불법으로 낙태약까지 샀어요. 하지만 차마 약을 먹지 못하겠더라고요. 그래서 저는 집을 뛰쳐나가 미혼모 쉼터로 들어갔어요. 쉼터에 입소하게 되면 경찰도 가족도 저를 쉽게 찾을 수 없다고 들었거든요. 하지만 할머니가 걱정돼 죽을 것만 같았어요. 제가 없어지면 아빠의 욕정이 누구한테 쏟아질지 불 보듯 뻔했으니까요.

몇 달 만에 그 지옥으로 되돌아가는데 어찌나 무섭고 두렵던지

엄마, 시체를 부탁해

손발이 오들오들 떨렸어요. 아니나 다를까 할머니는 보살핌을 받지
못해 위독해 보였어요. 그런데 그 짐승은 술에 취해 산송장이나 다
름없는 할머니 위에 엎어져 자고 있더라고요. 전 조심조심 할머니
를 깨웠어요.

"할머니, 괜찮아? 응?"

할머니가 눈을 뜨고 처음 꺼낸 말은 충격이었어요.

"그냥 죽여. 저 짐승만도 못한 놈을 제발 좀 죽여줘."

오죽하면 당신 배 아파 낳은 자식을 죽여달라 부탁할까, 할머니
의 심정을 이 세상 누구보다 저는 잘 이해하고 있었어요.

전 덜덜 떨면서 짐승의 목덜미에 두 손을 가져갔어요.

"안 돼. 그렇게 해서는 안 돼."

할머니는 그동안 생각해 놓은 방법이 있다며 저에게 조곤조곤
알려주기 시작했어요. 전 할머니 말대로 알약을 빻아 가루로 만들
고 그걸 설탕과 함께 물에 탔어요. 아빠를 깨워 해장이라도 하라며
약을 탄 설탕물을 마시게 했어요. 그리고는 아빠가 축 늘어질 때까
지 기다렸어요. 제가 90킬로그램의 덩치를 들어 올려 천장에 매달
수 없을 거라 여긴 할머니는 문제의 방향을 바꿔 생각해 보자 하
셨어요.

저는, 할머니가 시키는 대로 완전히 뻗은 몸뚱어리를 반듯하게
눕히고 목에 빨랫줄을 감았어요. 양발로 짐승의 어깨를 짓누르고
두 무릎은 세운 자세로 빨랫줄을 바짝 잡았어요. 그런 다음 로잉
머신을 타거나 카누를 탈 때처럼 허리와 무릎을 쫙 펴며 줄을 세

게 잡아당겨졌어요. 커다란 무 같은 게 땅에서 뽑혀 올라올 때의 느낌이 양손에서 느껴졌어요.

그렇게 얼마 동안 잡아당겨졌는지 모르겠어요. 갑자기 턱이 덜덜 떨리고 팔다리가 후들거려서 줄을 놓고 멍하니 앉아 있었어요. 자수해야겠다는 생각이 들었어요. 그때 할머니가 외쳤어요. 별이를 생각하라고 교도소에서 아기를 낳을 순 없지 않냐고요.

할머니는 살인 현장을 자살 현장으로 바꾸는 방법을 알려주었어요. 저는 끙끙대며 짐승의 몸을 엎어놓았어요. 그리고는 형광등을 잡아 뽑고 천장을 부수어 넙데데한 등판 위에 던져놓았어요. 목에 매여 있는 빨랫줄을 전등에 묶었어요. 마치 스스로 목을 매달았다가 제 몸무게로 인해 떨어진 것처럼 보이게 꾸몄던 거죠.

그다음 지시는 지하 단칸방을 밀실로 만드는 것이었어요. 집 열쇠도 갖고 있고 도어록 비밀번호도 알고 있는 저에게까지 수사망이 미치지 않도록 할머니는 직접 방범용 안전고리를 걸겠다고 했어요. 길게 잘라 얇은 끈처럼 만든 이불 레이스를 안전고리 구멍에 걸었어요. 그리고는 그 끈의 양 끝을 할머니의 입에 물려주고 저는 현관문을 아주 조금만 열고 빠져나가 문을 닫았죠. 할머니가 양쪽 끈을 야금야금 먹어치우면 안전고리가 당겨지면서 걸리게 되는 것이었어요. 고리를 걸고 나서는 한쪽으로만 끈을 먹어치워서 증거를 인멸했고요. 도어록은 저절로 잠겨지고 전 열쇠로 문손잡이만 잠그면 끝이었어요.

하지만 할머니와 제가 미처 생각지 못한 점이 있었어요. 그렇게

엄마, 시체를 부탁해

늦게 시신이 발견될 줄 몰랐어요. 할머니의 목숨까지 제 손으로 빼앗은 거나 다름없어요. 모두 제 탓이에요. 그냥 경찰에 신고했어야 했는데, 옆집에 돈을 부치고 기다리라는 할머니 말만 들었던 게 잘못이에요.

하지만 언니, 저는 후회하지 않아요. 짐승을 죽인 것만큼은 조금도 후회하지 않아요. 온 우주의 어둠을 뚫고 내게로 온 별이를 저보다 좋은 부모를 찾아 입양 보내고 나서 자수하겠어요. 이 끔찍한 비밀에서 제일 먼 곳에 별이를 데려다 놓고 꼭 자수하겠어요. 그러니 잠시만 기다려 줄래요?

사실 그동안 가슴 한복판에 커다란 돌덩이를 얹고 사는 것 같았어요. 숨도 제대로 쉴 수가 없었어요. 언니한테 커다란 돌덩이를 잠시 내려놓는 것 같아 미안해요.

그리고 고마워요.

보낸 메일

보낸 사람: 석수진 기자
받는 사람: 조연서
2020년 9월 21일 (월) 오전 02:28

연서가 언니라고 편하게 불러주니까 나도 편하게 반말할게. 그런데 아마도 이름 때문이겠지만 연서가 나에 대해서 오해하고 있는 게 있어. 난 사실 남자야. 그러니까 앞으로는 언니라고 부르지 않았으면 해.

사실, 내가 여자였다면 네 이야기에 조금은 공감했을 거 같아. 그런데 안타깝게도 난 젠더 감수성이 제로에 가깝거든? 모성애가 있을 리도 없고. 아니, 어쩌면 오해받아서 다행이려나? 남자인 걸 알았다면 좀 더 난폭한 공격을 받았을까.

참, 너 그새 잊었나 보더라. 네가 살인을 저지를 때 너 만삭이었거든? 그 배로는 살짝 빠져나가기 힘들어. 나한테 누나가 둘이나 있는데, 조카들 낳을 때 보니까 막달에 배가 어휴, 이게 사람 배 맞나 싶을 만큼 나오더라고. 너 사실은 임신한 적 없지? 본 적도 없고. 미혼모 쉼터에 들어간 것은 맞니?

그리고 할머니가 먹은 끈이 6미터인데, 먹었다고 생각하면 꽤 긴 것 같지만 이걸로 고리를 통과시켜 반으로 접으면 3미터밖에 안 돼. 방 한가운데에서 문까지의 거리가 3미터는 넘으니까 문을 아주 아주 살짝 열었어도 고리를 걸기엔 무리이지 않을까.

어쨌든 내 추측은 이래. 누운 자세로 목을 잡아당겨서 살해하는 방법은 잘못 업로드된 현장 사진을 보고 나도 깨달았어. 네 이야기와 같아. 하지만 밀실을 만드는 방법은 달라. 안전고리를 통과시킨 끈을 화장실 환풍기에 묶어두는 거야. 그런 다음 문을 살짝 열고 빠져나가 옆쪽 골목으로 가서 묶어놓은 끈을 풀고 잡아당기면 고리가 걸려. 그리고는 끈은 회수하고.

엄마, 시체를 부탁해

현관에 들어섰을 때 좌측에 화장실이 있어서 가능한 속임수야. 간단한 트릭이지.

네가 반지하 방으로 돌아왔을 때 이미 할머니는 배고픔에 이불 자락을 뜯어 먹은 뒤였지? 구급대원들처럼 너도 할머니가 죽은 줄 알았던 건 아니니? 그래서 할머니가 주범이고 네가 종범인 아주 극적인 이야기를 지어내서 덧붙인 거고.

넌 어머니에게 거부당하고 아버지에게 폭언과 폭력을 겪으며 컸어. 2차 양육자인 보모는 아버지와 불륜 관계였고 정신적으로도 불안정했지. 그런 환경에서 아이가 어떻게 자랄지 불 보듯 뻔해. 껍데기만 크는 거야. 속은 텅 비었지. 그래서 타인의 관심과 사랑으로 마음속 구덩이를 메우려고 수단과 방법을 가리지 않게 되었어.

넌 아버지의 학대 때문에 살인을 저지른 게 아니야. 아버지가 자꾸만 재산을 탕진했기 때문에 살려둘 수 없었던 거야. 집안이 망하고 나니까 온 세상이 너한테 등을 돌렸잖니? 너 같은 '관종'이 얼마나 힘들었겠어. 그래서 넌 저소득층 학생 장학금을 받아 숨겨놓았어. 그 돈이 필요하기도 했고, 조금수 씨를 열 받게 하려는 목적도 있었고, 아무튼 제대로 먹혀들었지.

애써서 완성한 완전범죄를, 알아봐 주는 사람 하나 없이 네 속에만 담고 있으려니 얼마나 답답했겠어. 그래서 단 한 명의 관객을 만들기로 했던 거야. 그 관객이 바로 간병 살인 르포를 쓰고 있는 여기자, 석수진이고. 이 여기자가 너의 영원한 추종자로 감화된다면 더없이 좋은 전리품이었을 텐데, 아쉽지?

그런데 너 그거 모르지? 경찰이 종결한 사건도 새로운 증거가 나타나면 검찰은 재수사할 수 있다는 거. 물론 네가 보낸 메일 한 통으론 어림없겠지. 단 한 번도 '내가 아버지를 죽였다.'라고 써놓지 않았으니까. 그래도 난 내일 검찰청에 네 메일을 가지고 찾아가 볼 생각이야. 그렇게 해야 연서, 네가 나한테 던진 돌을 내려놓고 쉴 수 있을 거 같거든.

아, 마지막으로 묻고 싶은 게 있는데, 너 종아리 안쪽에 이빨 자국은 어떻게 생긴 거야? 할머니를 상대로 그 로잉 머신인가, 카누인가 하는 자세를 취해 목 조르는 연습이라도 한 거야? 그랬다면 너 진짜 큰일 났다.

좀 전에 신영순 할머니가 깨어났거든.

엄마, 시체를 부탁해

잠든 사이에 누군가

나연 쌤의 영어 공부 팁/유학 준비/일상/공유 블로그

2023. 11. 3. 23:10

___

조금 있으면 저는 살인자가 됩니다.

아니, 어쩌면 벌써 살인자가 됐을지도 모릅니다. 이대로 견고한 침묵 속에 숨어버린다면 살인자가 되는 건 피할 수 없는 운명입니다.

그러므로 이 글은 당연히 유서(遺書)입니다.

1

내 이름은 김은채가 아니다. 스물한 살도 아니다.

엄마, 시체를 부탁해

"김은채, 21세, TS로 들어온 중증 외상 환자입니다."

"GCS는?"

"E1, V1, M2. 총 4점 코마 상태입니다."

응급실에서 의료진들이 주고받는 말을 듣고서 나는 경악했다.

내 이름은 김나연이다. 스물세 살이고 평범한 대학생이다. 아니, 정확하게 말하자면 휴학생이다. 졸업을 앞두고 호주 멜버른대학교로 유학 가기 위해 학업을 잠시 중단한 상태니까.

"보호자는?"

"지금 수납하러…."

바퀴가 바닥을 긁으며 달달거렸다. 환자 수송용 침상이 요동쳤다. 그때마다 온몸이 아팠다. 정말 안 아픈 데가 없었다. 숨 쉴 때마다 옆구리가 뻐근하고 머리통이 욱신거렸다. 혓바닥은 퉁퉁 부은 데다 모래알처럼 버석거렸다. 입안에선 자꾸만 피가 고였다.

전 김나연이에요. 김은채가 아니라고요!

하지만 목구멍에서 겨우 빠져나오는 건 한 음절도 안 되는 신음 뿐이었다.

"우리 은채 좀 제발 살려주세요."

침상 오른쪽에서 불쑥 중년 여성의 목소리가 들려왔다. 구둣발로 시멘트 바닥을 긁는 듯한 목소리였다. 술과 담배와 악다구니로 거칠어질 대로 거칠어진 여자의 얼굴이 떠올랐다.

아는 얼굴일까 싶어 나는 눈을 뜨려고 했다. 하지만 눈꺼풀조차 마음대로 움직일 수 없다는 사실을 깨닫곤 절망했다. 내가 '나'라는 감옥에 갇힌 코마 환자라는 걸 다시금 실감할 수밖에 없었다.

"진정하세요, 어머니."

간호사가 여자를 다독이는데, 어머니라는 말이 귀에 와 박혔다.

3개월 전 엄마의 낙상 사고만 발생하지 않았더라면 지금쯤 나는 호주 멜버른의 야라강 산책로를 걸으며 붉은 노을을 감상하고 있었을 것이다.

나를 보러 왔다가 엄마는 빌라 계단에서 굴렀다. 그 사고로 크게 다쳐 병원에 입원한 엄마를 새아버지가 간병하고 있었다. 미안한 마음에 나는 그동안 모아놨던 유학 자금을 깨서 병원비에 보탰다. 그러다 보니 유학 출국 일정이 조금 미뤄질 수밖에 없었다.

그러니까 이 여자가 내 엄마일 리 없단 말이다.

"어떻게 진정하겠어요? 울 딸이 뺑소니를 당했는데!"

내가 뺑소니를 당했다고?

나는 사고 당시를 떠올리려고 필사적으로 머릿속을 휘저었다. 그러자 단편적인 기억 몇 개가 떠올랐다.

한밤의 강변로를 걷고 있었다. 산책 중이었는지는 모르겠다. 아무튼 갓길에 차를 세우고 인적 드문 산책로를 무턱대고 걸었다. 그러다 가로등 아래에 서서 잡목림과 수풀 너머의 강물을 눈으로 어루더듬었다. 강물의 깊이와 유속을 가늠했다. 강이 어디로 흘러갈지 짐작해 보았다.

그때 등 뒤에서 자동차 바퀴가 회전하며 노면을 할퀴는 소리가 났다. 뒤돌아보는 나를 커다란 광원이 순식간에 집어삼켰다. 충격

엄마, 시체를 부탁해

이 온몸을 강타했다. 아, 이대로 죽는구나 싶었다.

교통사고의 충격으로 일련의 기억들이 산산이 부서진 게 틀림없었다. 단편적인 기억들만 맥락 없이 떠오르는 걸 보니.

혹시 이 여자는 교통사고 책임을 어떻게든 줄여볼 속셈으로 뺑소니 운운하며 제 딸의 주민등록번호를 의료진들에게 말했던 게 아닐까? 그렇지 않고서야 어떻게 다들 내가 김은채라고 찰떡같이 믿을 수 있을까?

"뺑소니범 잡게 경찰 불러주세요. 빨리요!"

여자가 씩씩거렸다.

이런 당당한 태도를 보면 뺑소니범은 아닌 것 같긴 하다. 하지만 엉뚱한 사람을 제 딸로 둔갑시켜 놓은 건 경찰한테 어떻게 설명하려는 속셈이지? 아니, 신원 미상자라면 몰라도 경찰이 아무 이유 없이 환자의 신분을 알기 위해 지문 감식 따위를 할 리 없다. 혹시 그걸 알고서 선수 치려는 걸까? 그렇다면 정말 용의주도한 여자가 아닐 수 없다.

경찰은 그렇다 치고 나중에 내가 깨어나면 이 모든 게 들통날 텐데 그땐 어쩔 셈이지? 아니면 내가 영영 깨어나지 못할 거라 확신하는 걸까? 가짜 김은채가 이대로 계속 코마 상태면 진짜 김은채는 어떻게 되는 거지? 그러자 한 가지 무서운 생각이 머리를 스쳤다. 진짜 김은채는 이미 이 세상에 없는 게 아닐까?

질문에 질문을 이어가려고 하니 머릿속이 출렁거렸다. 뇌가 미지근한 물주머니로 바뀐 것 같았다. 뭉근한 정신을 얼음 조각같이 차가운 날붙이가 갈랐다. 가윗날이 정강이에서 무릎까지 단번에 그 었다. 골절을 응급처치하기 위해 바지를 자르는 거였다.

내 몸이 무방비로 노출되는 게 싫다고 느낀 찰나, 오른쪽 팔뚝이 따끔하더니 수십 개의 바늘이 손등에서 어깨까지 타고 올라오는 느낌이 들었다. 속이 메슥거렸다. 날뛰던 통증들이 얌전해졌다. 진통제가 투약된 모양이었다.

졸음이 막무가내로 몰려왔다. 이대로 잠들고 싶지 않았다. 두 번 다시 깨어나지 못할까 봐 두려웠다.

나는 소리 없는 비명을 질러댔다.

나연 쌤의 영어 공부 팁/유학 준비/일상/공유 블로그

2023. 11. 3. 23:28

저의 살의는 저의 작은 선의에서 시작되었습니다.

그날은 시범 과외가 있던 날이었습니다. 대게는 과외받을 학생 집으로 찾아가 학부모의 참관하에 간단한 테스트나 강의를 하는 게 정석입니다. 그런데 과외 중개 사이트에서 제 프로필을 본 학생 엄마가 동네 카페에 애를 내보낼 테니 시범 과외를 해달라고 요청해 왔습니다.

6개월 뒤에 호주 멜버른으로 유학 갈 예정인데 프로필에 적어놓지 않아 죄송하다며 과외 자리를 고사하려고 했습니다. 그런데 학생 엄마도 마침 단기 과외 자리를 구하고 있었다며 오히려 잘됐다며 반색했습니다.

엄마, 시체를 부탁해

약속 장소인 카페로 나갔더니 과외받을 학생이 세 명이나 나와 있었습니다. 남학생 한 명과 여학생 두 명이었습니다. 그룹 과외를 받고 싶다면 진작에 저에게 말해줬어야 합니다.

"안녕? 김나연이라고 해. 근데 너희 셋 다 과외받을 거니? 테스트 지를 한 부밖에 안 가져왔는데 어떡하지?"

덩치 좋은 남학생이 호주머니에 찔러넣고 있던 손을 빼 들고선 히죽거렸습니다. 후드티 소매 사이로 문신이 언뜻 보였습니다.

"저만 받으면 되는데요."

후드티 남학생 앞으로 저는 테스트 지 한 부를 내밀었습니다. 남학생이 오른손을 펼쳐 보이며 펜도 달라는 손짓했습니다. 저는 가지고 온 필통에서 펜을 꺼내주었습니다.

"뭐라도 마시면서 하죠."

귀에 무선 이어폰을 낀 여학생이 카페 안을 두리번거리며 말했습니다. 여학생은 교복 차림이었지만 역시나 공부와는 거리가 먼 느낌이었습니다.

"그, 그래. 풀고 있어."

저는 조각 케이크와 음료를 사러 일어났습니다. 그동안 말없이 앉아만 있던 통통한 체형에 안경을 낀 단발머리 여학생이 일어나 계산대까지 따라왔습니다.

"쌤, 저하고 밖에서 잠깐 얘기 좀 해요."

어찌나 힘이 센지 저는 단발머리 여학생의 손에 꽉 붙들려서 카페 밖으로 끌려 나갔습니다.

"저 녀석들 울 학교 일진이에요. 시범 과외 핑계 대고 쌤 뜯어 먹으려고 온 거예요. 어제 학생 엄마인 척 전화한 애도 쟤고요. 그러니까 그냥 가세요."

저는 강단 있게 뒤돌아서는 단발머리 여학생을 붙잡았습니다.

"너 쟤들한테 괴롭힘당하고 있는 거 아니야?"

"하이에나처럼 한번 물면 절대 안 놓는 녀석들이에요. 안 물린 걸 다행으로 여기고 그냥 가세요."

카페 안으로 들어간 단발머리가 의자에 앉아 있던 일진들한테 가 뭐라고 이야기하는 게 통유리창 너머로 보였습니다. 그러자 덩치 큰 남학생이 자리에서 벌떡 일어났습니다. 마치 당장이라도 튀어나올 것 같아 저는 뒤도 안 돌아보고 도망쳤습니다.

그날 저녁에 단발머리 여학생한테서 연락이 왔습니다.

"쌤, 필통 두고 가셨어요. 지금 가져다 드려도 될까요?"

빌라 앞 놀이터에서 단발머리 여학생을 만났습니다. 그 애는 녹슨 시소에 걸터앉아 있었습니다. 멀리서 봐도 표가 날 정도로 낡아빠진 교복을 입고 있었습니다. 놀이터 가로등 불빛에 교복 팔꿈치와 엉덩이 부위가 빤들거렸습니다. 가까이 가서 봤더니 일진들에게 언어맞았는지 안경다리에 테이프가 발라져 있고 눈덩이가 빨갛게 멍들어 있었습니다.

저는 필통을 받아 들며 단발머리 여학생의 이름과 나이를 물었습니다. 이름은 김은채, 열여덟 살이라고 했습니다. 통통한 체형이라 그런지 스무 살은 더 되어 보였습니다.

"쌤, 잘 데가 없어서 그런데 오늘 하루만 재워주면 안 될까요?"

어린 시절 부모님이 이혼하고 할머니 손에서 자랐다는 은채는 고등학교 앞에 자취방을 구해서 혼자 살고 있는데, 일진들이 어찌 알고 은채 자취방을 아지트로 삼았다고 했습니다. 게다가 지금은 방학이라 매일같이 찾아오는데 막을 방도가 없다고 말했습니다.

그런 은채에게 저는 매정하게 굴 수 없었습니다. 저 또한 부모님의 이혼으로 방황하던 10대 시절을 보냈기 때문입니다. 고1 때까지 같이 살았던 엄마가 재혼해 새 가정을 꾸리는 바람에 반품되는 것처럼 아빠에게로 돌아가야만 했었습니다. 방황은, 아빠가 췌장암으로 갑작스레 사망하면서 끝이 났습니다. 그 뒤로 종종 엄마와 연락을 주고받긴 하지만 저는 아빠가 유산으로 남긴 빌라에서 죽 혼자 지냈습니다.

저는 은채에게 제집에서 며칠 머물러도 좋다고 말했습니다. 그때는 몰랐습니다. 이 작은 선의가 저를 살인자로 만들게 될 줄은.

2

기절하거나 기절한 듯 잠들곤 했다. 꿈도 없었다. 나도 없었다. 시간마저 사라진 자리엔 오직 어둠뿐이었다.

타앙, 타앙.

견고한 어둠의 벽을 내리치는 소리가 났다. 강렬하고도 규칙적인 타격음에 나는 영원할 것만 같던 잠에서 깼다.

응급실이 아니었다. 응급실 냄새 대신에 플라스틱 냄새 같은 게 났다.

얼마의 시간이 지난 거지? 몇 달? 몇 주? 아니면 며칠?

귀청을 때리던 기계음이 멈췄다. 귓속이 먹먹했다.

받침대가 발 쪽으로 이동하면서 몸이 좌우로 출렁거렸다. 받침대의 움직임이 멈추자 누군가의 차가운 손가락이 내 눈꺼풀 위에 얹어놓은 눈가리개를 떼어냈다. 그러자 눈꺼풀 아래로 시리도록 환한 빛이 느껴졌다.

"MRI 다 찍었으니까 보호자분, 이제 들어오셔도 돼요. 조무사님은 저하고 같이 환자분 옮깁시다."

받침대가 이리저리 움직이더니 곧 덜컹거리며 침상 바퀴가 굴러가는 게 느껴졌다. 자동문 열리는 소리가 났다. 침상이 가다 서다를 반복했다.

그때 갑자기 내 얼굴 위에서 찰칵, 하는 소리가 났다. 스마트폰 카메라가 작동하는 소리였다.

"뭐 하세요?"

침상 왼쪽에서 남자 목소리가 들려왔다. 좀 전에 나를 침상으로 옮겼던 조무사였다.

"아, 병상 일기 쓰고 있어요. 혹시나 모르잖아요. 뺑소니범은 안 잡히고 우리 은채는 이대로 안 깨어나고 그러면 SNS에서 후원금이라도 거둬야 할지?"

은채 엄마 하는 짓이 황당했는지 조무사의 네, 하는 소리가 길게 이어졌다.

"그래도 이만하니 다행이네요."

　　　　　　　　　　　　　엄마, 시체를 부탁해

"네, 정말 다행이죠. 근데 역시나 병원비가 걱정이에요."

"보험 들어놓은 거 없어요?"

"얘가 바보같이 다 해약했더라고요. 제가 그나마 애 연금 삼아 따로 들어둔 생명 보험이라도 있기에 망정이지…."

나는 보험에 대해선 잘 모른다. 하지만 남의 딸을 데려와 제 딸로 둔갑시키고 아무런 대가 없이 공짜로 치료해 줄 리 없다는 것 정도는 안다. 은채 앞으로 몰래 넣어뒀다는 생명 보험이 내 목에 걸린 시한폭탄 같았다.

"그러니 뺑소니범 꼭 잡아야죠."

갑자기 메스꺼울 정도로 독한 장미 향수 냄새가 코끝을 스쳤다. 머리카락이 귓불을 간지럽혔다. 단내 나는 속삭임이 귓바퀴를 핥았다.

"안 그러면 차라리 죽는 게 나아. 그렇지, 은채야?"

시한폭탄 타이머가 째깍거리기 시작했다. 나는 온몸에 털이 곤두섰다.

수송용 침상이 다시 좌우로 흔들거렸다. 다리가 침대 가장자리로 밀려났다. 그러자 이동하던 게 잠시 멈췄다. 은채 엄마인지 조무사인지 모를 누군가가 오른쪽 다리를 들어 올렸다. 다리가 구부러지지 않고 딱딱한 뭔가에 싸여 있는 느낌이 들었다. 오른쪽 다리에 골절상을 입어서 깁스를 해놓은 거 같았다.

슬라이드 문 열리는 소리가 났다. 후텁지근한 공기가 얼굴에 훅 끼쳤다. 응급실 공기와 달리 알코올 냄새와 오래 앓은 상처 냄새가 뒤섞여 있었다. 병실이었다.

침상이 덜커덕 소리를 내며 멈췄다. 어느새 다가온 간호사가 내 코에 콧줄을 도로 집어넣고 손가락에 환자감시장치 센서를 끼워 넣은 다음 양 손목을 낙상 방지 가드에 부드러운 천으로 묶었다.

코마 환자인데 손목을 왜 묶지?

마치 내 질문을 듣기라도 한 것처럼 간호사가 말했다.

"금방 깨겠네요."

앳되고 상냥한 목소리였다.

다른 환자나 보호자의 목소리가 들리지 않는 걸 보니 1인실이다.

"의사도 아니면서 그걸 어떻게 알아요?"

은채 엄마는 불신과 업신여김을 숨기지 않았다.

"코마 환자가 울고 신경질 부리고 콧줄을 뽑으려 하면 며칠 내로 깨더라고요."

은채 엄마의 예의 없는 태도에도 간호사는 기분 나빠하지 않고 친절하게 대꾸했다.

"그러니 어머님도 눈 좀 붙이세요. 며칠째 물 한 모금 안 넘기고 곁을 지키셨잖아요."

간호사의 말이 끝나기 무섭게, 축축하고 뜨거운 손이 내 손과 발을 마구 주물러 댔다. 어찌나 세게 주무르는지 손가락 발가락 마디마디가 부딪쳐 아팠다.

"자식이 이렇게 아픈데 속 편히 지낼 부모가 어디 있겠어요."

병든 딸 걱정에 애끓는 엄마 코스프레 좀 그만하라고 소리치고

엄마, 시체를 부탁해

싫었다. 앞으로도 이렇게 무방비로 은채 엄마의 꼭두각시가 될 걸 생각하니 끔찍했다.

병실 바닥을 조심스레 내딛는 구둣발 소리가 났다. 다른 간호사였다.

"어머님, 이거…"

나는 발 너머에서 들려오는 종이 부스럭대는 소리를 놓치지 않았다.

"이게 뭐죠?"

"은채 양 바지에서 발견했어요. 편지 봉투에 유서라고 적혀 있던데…"

유서라고? 내 바지 주머니에서 유서가 나왔다고?

"일루 줘봐요."

종이를 획 낚아채는 소리가 났다.

"우리 은채 게 아닌데요? 여기 다른 애 이름이 적혀 있잖아요."

"그렇긴 한데 은채 양 바지에서 나온 건 확실해요."

무슨 소린지 퍼뜩 이해되지 않았다. 하지만 은채 엄마의 다음 말을 듣자마자 단번에 깨달을 수 있었다.

"편지에 이렇게 적혀 있잖아요. '김나연 올림'이라고."

그건 김나연, 내가 쓴 유서였다.

나연 쌤의 영어 공부 팁/유학 준비/일상/공유 블로그

2023. 11. 4. 00:07

이 글은 고통스러운 복기(復棋)입니다. 살인을 향해 한 수, 한 수 놓아지는 돌을 멈출 수가 없습니다.

은채가 제집에서 자고 일어난 첫날이었습니다. 밤사이 보일러가 고장 나 돌아가지 않았는데 저는 그것도 모르고 얇은 실내복 차림으로 잤던 탓에 감기에 걸려버렸습니다.

오한에 떨고 있던 저에게 언제 장을 봐왔는지 은채가 매운 토마토스튜를 끓여주었습니다. 쓴맛과 떫은맛이 약간 느껴졌지만, 소고기의 깊은 풍미가 바질칠리토마토소스와 잘 어울렸습니다. 속까지 따듯해지는 느낌이라 남기지 않고 먹었습니다.

"고마워. 진짜 맛있게 잘 먹었어."

빈말이 아니었습니다. 저도 블로그에 종종 저만의 레시피를 올리곤 했는데 가장 자신 있게 소개했던 게 토마토소고기스튜였습니다.

"제가 업그레이드를 해봤죠."

그렇지만 따뜻한 스튜를 먹었는데도 몸은 조금도 나아지지 않았습니다. 오히려 구토와 설사 증상까지 더해져 이틀 뒤 AS 기사가 방문했을 땐 몸을 일으키기도 힘들 정도였습니다.

"보일러실 코드를 뽑아놨네요?"

AS 기사가 중얼거리자 은채가 따지듯이 물었습니다.

"누가 그걸 일부러 뽑아놔요? 예전에 살던 사람이 느슨하게 꽂아뒀

겠죠."

뒤쪽 베란다에서 AS 기사와 은채가 이야기를 나누고 있는데도 저는 침대 밖으로 한 발자국도 나오지 못했습니다.

"은채야, 화장대 서랍에 카드 있어. 그걸로 출장비 계산해."

겨우 내뱉었던 이 말이 저의 첫 번째 실수였습니다.

다음 날 병원엘 갔더니 폐렴이라고 진단받았습니다. 엑스레이 사진 속의 폐 아랫부분엔 흰 점들이 돋아나 있었습니다.

"구토, 설사는 다른 병의 증세일 수 있으니 약 먹어도 안 나아지면 꼭 다시 오세요."

병원에서 집으로 돌아온 저는 침대 속으로 기어들어 가기 바빴습니다. 운동이나 쇼핑은커녕 간단한 집안일조차 하기 귀찮아졌고 순식간에 무기력해졌습니다. 무기력은 무기력을 키우며 저를 잠식했습니다.

"언니, 아무래도 번아웃 증후군까지 같이 왔나 봐요. 이럴 땐 그냥 아무것도 하지 말고 쉬세요. 제가 곁에서 돌봐드릴게요."

번아웃 증후군? 그럴지도 모른다고 생각했습니다. 지금까지 단 한 번도 결석한 적 없고 단 한 번도 결근한 적 없이 열심히 살아왔던 저였습니다.

"입학통지서를 받아놔서 계속 쉴 순 없고 그럼 딱 한 달만 놀아볼까?"

은채는, 제가 다 나을 때까지 조금만 더 제 곁에 머무르기로 했습니다. 이것이 저의 두 번째 잘못이었습니다.

보름 뒤쯤 저하고 도통 연락이 안 된다며 엄마가 빌라로 찾아왔습니다.

"이거 해독주스인데 어머님도 드셔보세요."

은채가 새빨간 색깔의 주스를 엄마에게 내밀었습니다. 케일, 방울토마토, 비트, 사과 등을 직접 갈아서 만든 주스라고 했습니다. 컵을 받아 드는 엄마의 표정이 떨떠름했습니다. 은채는 방긋방긋 웃으며 쟁반을 들고 서 있다가 엄마가 주스를 반쯤 마시자 뒤돌아 부엌으로 갔습니다.

"쟤 좀 이상하다."

엄마는 제 침대로 바짝 다가와 속삭였습니다.

"왜요?"

저도 덩달아 목소리를 죽였습니다.

"쟤 지금 입고 있는 옷, 네 거 아니니? 내가 너 대학교 입학식 때 입으라고 사준 명품 원피스잖아."

은채에겐 입을 옷이 낡은 교복밖에 없었기 때문에, 여기서 지낸 첫날부터 제 트레이닝복을 줬습니다. 그걸 은채는 제 옷장에서 아무 옷이나 편하게 꺼내 입으란 말로 이해했던 건지도 모르겠습니다.

"그리고 이런 거 다 네 카드로 사는 거 아냐?"

엄마는 주스 컵을 들고 이상한 것이라도 들어 있는 양 꼼꼼히 살펴보았습니다. 필요한 게 있으면 화장대 서랍에서 신용카드를 꺼내 쓰라고 말한 사람은 저였습니다.

"안 되겠다. 너 그냥 집으로 들어와라. 엄마 옆에서 몸 좀 추슬렀다가 호주로 가."

하지만 엄마 집에는 새 아버지가 있어서 불편할 게 빤했습니다.

"생각 좀 해볼게요."

"아이고, 생각하고 자시고 할 거 없어. 내일 데리러 올 테니까 간단하

엄마, 시체를 부탁해

게 짐 좀 싸놔."

돌아가는 엄마를 빌라 입구까지 배웅하겠다며 은채가 따라 나갔습니다. 그런데 곧 현관문 밖에서 끔찍한 비명이 울렸습니다. 층계참에서 어지러움을 느낀 엄마가 계단 아래로 굴러떨어진 것이었습니다.

꼬리뼈를 다친 엄마는 그길로 병원에 실려 가 몇 달 동안 입원을 해야 했습니다. 저는 죄송한 마음에 유학 자금을 깨서 병원비에 보탰습니다.

"언니, 또 열난다."

은채가 '38.2도'라고 표시된 체온계 화면을 제 코앞에 들이밀었습니다.

"이러면 병원 문턱도 못 들어가요. 언니 대신에 제가 어머님 만나 뵙고 올게요. 어머님은 뭐 좋아하세요? 병원 밥이 입에 안 맞으실 거 같으니까 제가 먹을 만한 거 좀 만들어 갈게요."

그리고 그렇게 하라고 허락한 게 돌이킬 수 없는 저의 악수(惡手)였습니다.

3

내가 죽으려 했다니 믿을 수가 없었다.

그런데 갑자기, 화장대 앞에 앉아 유서를 쓰고 있는 내 모습이 떠올랐다. 유서라는 글자 옆에 눈물이 점점이 떨어지던 것도 기억났다. 살고 싶었어. 살고 싶었다고! 유서를 쓰면서 고래고래 소리를 지르는 장면이 따라 나왔다.

살고 싶다면서 왜 유서를 쓰고 있는지 도저히 이해가 되지 않았다. 심지어 이게 진짜 내 기억이 맞는 걸까 의심스럽기까지 했다. 가뭇없이 혼란스러워하고 있는데 은채 엄마의 다음 말에 충격을 받아 머릿속이 아득해졌다.

"엄마를 계단에서 밀어버렸어요? 김나연이란 애는 유서가 아니라 자백서를 써놨네, 쯧쯧."

엄마가 빌라 계단에서 굴러떨어졌던 게 내 짓이었다고? 내가 엄마를 밀었다고? 내가 엄마를?

갑자기 손바닥의 감촉이 되살아났다. 등판을 밀자 약간의 저항감으로 손에 착 붙었다가 떨어지던 롱패딩의 차가운 느낌, 너무나도 생생했다. 상상으로 만들어 낸 게 아니었다. 내가 엄마를 계단 아래로 밀어버렸던 것이다.

"그럼 그거 도로 가져가서 버릴까요?"

유서를 가져왔던 간호사였다.

"아, 아니에요. 이건 내가 처리하죠."

간호사들이 나가자 병실 안에는 은채 엄마의 시근덕거리는 숨소리만 불온하게 울려댔다.

"뭐야? 놀랐잖아. 뭐 이따위 걸 써서 사람을 놀라게 만들고 그러니?"

말투로 보아하니 은채 엄마는 알고 있는 게 분명했다. 내가 직접 쓴 유서라는 걸.

"그래, 자백서를 좀 더 읽어볼까? 저는 엄마를 떠민 것도 모자라

엄마, 시체를 부탁해

병실에 입원해 있는 엄마에게 제초제가 든 음식을 만들어 먹였어요. 제초제를 30배 정도 희석해 아주 조금씩 먹이면 갑자기 죽진 않거든요."

쩝쩝거리는 소리가 다 들릴 정도로 내 귀에 가까이 입술을 가져다 대고서 은채 엄마가 중얼거렸다.

"엄마는 매주 투석해야 할 만큼 신장이 망가져 버렸어요. 하지만 모든 건 엄마의 자업자득이에요. 처음엔 할머니가 아팠어요. 고령이었고 지병이 있어서 할머니가 돌아가셨을 땐 아무도 의심하지 않았어요. 그다음엔 친아버지였어요. 재혼한 새아버지도 아팠죠. 마지막으론 저보다 세 살 많은 오빠였어요. 끔찍하고 고통스러운 시간 끝에는 항상 죽음이 기다리고 있었죠. 이젠 제 차례였어요."

내가 엄마를 민 건 확실하다. 유서를 쓰던 것도 기억난다. 그렇다면 엄마에 대한 저 내용들도 사실일까?

어렸을 때 나는 건강했다. 하지만 어느 날부턴가 엄마가 말했다.

'넌 약골이라서 철철이 몸에 좋다는 걸 달여 먹어야 해. 으이구, 손이 많이 가는 아이라니까.'

민들레즙, 흑염소소주, 십전대보탕 따위가 매일 아침 식탁 위에 올라왔다. 하지만 엄마가 주는 걸 먹고 나면 더 아팠다. 두통, 복통, 메스꺼움과 호흡곤란에 시달렸다. 그래서 고등학교 때 집을 나갔다. 엄마에게서 벗어나야 했다.

내 귀에서 입술을 떼고 은채 엄마가 투덜거렸다.

"하이고, 유서가 아니라 투서를 썼구나?"

종이 구겨지는 소리가 났다.

그때 갑자기 발치에서 낯선 남자의 목소리가 울렸다. 문 열리는 소리도, 발자국 소리도 듣지 못했는데.

"무진시 강서경찰서 형사과 박형식 경삽니다. 기억하시죠? 2년 전에 한 번 봤었는데?"

능글능글 기름기가 잔뜩 낀 목소리였다.

"아, 똑똑히 기억하죠. 후원금 사기로 절 걸고넘어졌던 형사님이시잖아요?"

박형식 경사와 은채 엄마는 구면인 모양이었다.

"안녕하세요. 첨 뵙겠습니다. 서보라 경장입니다."

"제가 쓴 병상 일기 블로그 땜에 자발적으로 모인 후원금인 거 밝혀져서 수사 종결됐잖아요? 근데 왜 왔어요?"

은채 엄마의 목소리가 뾰족해졌다.

"사건 경위에 대해서 자세히 듣고 싶어서 왔습니다."

"어제 교통과에서 나온 경찰들한테 다 얘기했는데? 요즘 경찰들 참 한가한가 봐. 뺑소니 사건 하나에 경찰 팀이 몇 개나 붙는 걸 보니."

은채 엄마의 비아냥에 조금도 동요하지 않고 서보라 경장이 공손하게 말했다.

"김은채 양 뺑소니 사건이 저희 팀에서 조사하고 있는 다른 사건과 연루된 정황이 있어서 그렇습니다. 다시 한번 자세한 진술 부탁드릴게요. 뺑소니범 잡는 데에도 큰 도움이 될 거예요."

엄마, 시체를 부탁해

나도 귀를 쫑긋 세웠다. 은채 엄마가 나를 발견하고 여기로 데려온 경위가 궁금했다.

"특별한 건 없고, 내가 강변로에 도착했을 땐 이미…."

은채 엄마의 대답이 끝나기 무섭게 박 경사가 치고 들어왔다.

"거기엔 어떻게 알고 가셨나요?"

"우리 애가 이전에 몇 번 자살 시도를 했었어요. 그래서 제가 몰래 전화기에 위치 추적 앱을 깔아놨었거든요. 그날 밤에도 애가 전화해서 이상한 소릴 하길래 위치를 알아내서 달려갔던 거예요."

부서졌던 기억의 조각 하나가 튀어나왔다. 스마트폰에 대고 악다구니를 퍼붓고 있는 내 모습이 떠올랐다. "나 찾지 마. 이제 진짜 엄마하고 끝이야!"라며 소리치는 장면이었다. 위치 추적 앱이 깔린 줄 알았다면 엄마에게 전화를 걸지도 않았을 것이다.

박 경사가 흐음, 하고 콧김을 길게 내뿜었다.

"뺑소니인 건 어떻게 아셨죠?"

"둘러보니까 주변에 깨진 전조등 조각도 있고 스키드마크도 있고 그렇더라고요."

"그쪽으로 전문가신가 보네요."

누가 들어도 비꼬는 말투였다. 이쪽이 피해자인데 오히려 범인 취급하는 박 경사의 태도가 이상했다. 은채 엄마의 과거를 알고 있는 게 분명했다.

"보험사기 전과 3범이죠?"

보통 사기도 아니고 보험사기라니, 은채 엄마는 자해 공갈단이라도 꾸렸던 것일까.

"그게 왜요? 전과 있는 사람 딸은 뺑소니 당하면 신고도 못 하나요?"

박 경사가 슬쩍 말을 돌렸다.

"참, 은채 양 바지에서 유서가 나왔다면서요?"

은채 엄마가 콧방귀를 뀌었다. 팔짱을 끼고 입술을 실룩거리는 모습이 자연스레 연상되었다.

"우리 애 유서가 아니더라고요."

"왜 다른 사람 유서를 은채 양이 가지고 있었을까요?"

"그건 저도 모르죠. 혹시 유서 쓴 애가 우리 은채를 이 꼴로 만든 뺑소니범 아닐까요?"

어디서부터 꼬였는지 모르겠지만 유서가 중요한 단서인 것은 틀림없었다. 그리고 어쩌면 내가 김나연임을 증명해 줄 수 있는 유일한 증거일지도 모른다.

"유서 좀 보여주시죠."

"없어요. 버렸어요."

좀 전에 종이 구겨지는 소리가 유서였던 걸까. 내 유서를 누구 마음대로 버리냐고 속으로 소릴 질렀다.

"중요한 증거를 함부로 버리는 사람이 어딨습니까?"

박 경사가 은채 엄마를 탓하는 소리가 들리고 곧이어 병실 침상 밑에서 비닐봉지가 바스락대는 소리가 났다.

"여기 있네요."

서 경장이 구겨진 유서 종이를 펴서 박 경사에게 건넸는지 박 경사가 흥미롭다는 듯 중간중간 으흠, 으흠, 하는 콧소릴 냈다.

"이거 가져가도 되겠죠?"

"아니, 왜요?"

은채 엄마의 목소리가 다급했다.

"쓰레기통에 버렸으면 가져가든 말든 상관없잖아요? 은채 양 유서도 아니고."

박 경사의 능구렁이 같은 말에 은채 엄마가 끙끙거렸다.

"그러세요, 그럼."

나연 쌤의 영어 공부 팁/유학 준비/일상/공유 블로그
2023. 11. 4. 00:56

세상 모든 피해자가 그러하듯 저도 저에게 들이닥친 폭력이 무엇인지 처음엔 알지 못했습니다.

한 달 새 은채가 건네주는 음식을 제대로 먹질 못할 정도로 건강이 급격하게 안 좋아졌습니다. 한 입도 삼키지 못하고 바닥에 도로 게워내기 일쑤였습니다. 시큼한 토사물 냄새가 방 안에 가득 찼습니다. 그런데도 은채는 얼굴 한 번 찡그리지 않고 물티슈로 토사물을 닦아내곤 했습니다.

"과외 중개 앱에 프로필 사진 갱신했어요. 언니 얼굴이 너무 안 좋아서 제 사진으로 올렸어요. 요즘 학부모들이 어찌나 까탈스러운지 과외 선생 얼굴도 따지잖아요. 걱정 안 해도 돼요. 제가 영어는 좀 하거든요. 외국어 영역은 상위 3% 안에 들어요."

엄마 병원비에 보태느라 구멍 난 유학 자금을 메꿔야 했습니다. 그래서 제 몸이 건강해질 때까지만 은채가 버는 과외비에서 중개수수료 개념으로 몇 %의 돈을 받기로 했습니다. 양심에 찔렸지만 어쩔 수 없었습니다.

은채는 거실 하나, 방 두 칸짜리 빌라에 방 한 칸을 아예 공부방으로 만들어 운영했습니다. 아이들 수업이 늘면서 자연스레 저한테는 소홀해졌습니다.

"쌤, 이거 무슨 냄새예요?"

"아, 미안, 미안. 쌤한테 좀 아픈 언니가 있어서 그래."

언제부턴가 아이들 수업 시간만 되면 은채가 제 방문을 맹꽁이자물쇠로 걸어 잠갔습니다.

방에 갇혀 지내는 시간이 점점 길어졌습니다. 나중에는 환자용 이동식 용변기를 제 방에 넣어주었습니다. 어두컴컴한 방 안이 제 세계의 전부가 되어가고 있었습니다.

그러던 어느 날이었습니다. 초저녁부터 잠에 빠져들었는데 정신을 차리고 일어나 보니 한밤중이었습니다. 잠겨 있어야 할 방문이 조금 열려 있었습니다. 방문 사이로 교태 섞인 신음이 흘러들어 왔습니다.

조심스레 문틈에 눈을 가져다 댔습니다. 개인 과외를 받는 남학생과 은채가 거실에서 서로 몸을 섞고 있었습니다. 과체중이던 은채는 언제 다이어트를 했는지 날씬하고 육감적인 몸매를 갖고 있었습니다. 형광등 불빛이 너무 환해서 은채 위에서 헐떡이고 있는, 어린 남자아이의 육체

엄마, 시체를 부탁해

가 볼품없다 못해 가엾어 보였습니다.

남자아이의 부모가 개인교습 시간에 벌어진 일을 알게 된다면 가만히 있지 않을 것입니다. 은채가 제 이름으로 파렴치한 짓을 벌이는 걸 막아야 한다고 생각했습니다.

그때 문자 알림음이 울렸습니다. 내가 언제 스마트폰을 화장대 위에 얹어놓았지? 아니, 이걸 마지막으로 만진 지가 사흘 전이었나? 나흘 전이었나? 고개를 갸우뚱거리며 스마트폰을 집어 들었습니다.

문자는 새아버지에게서 온 것이었습니다. 검지를 아래로 긁어 이전에 새아버지와 나눴던 문자메시지들을 훑었습니다.

―네 엄마 신장이 다 망가졌다. 병원비 부담하라고 안 할 테니 한 번만 왔다 가라.

엄마 신장이 다 망가졌다니 처음 듣는 이야기였습니다.

―이제 저하고는 가족 아닌데요. 차단합니다.

―병들었다고 새아버지도 엄마 버리려는 거죠? 지금 저한테 떠넘기려는 거잖아요?

―병원비 때문에 자꾸 연락하는 거예요? 유학 갈 돈밖에 없어요. 돈 없다고요. 귀찮게 굴지 좀 말아요.

이런 메시지들을 보낸 기억이 없습니다. 아니, 몇 날 며칠 잠만 자느라 스마트폰을 손에 쥐고 있지 않았습니다.

저는 비틀거리며 거실로 걸어 나갔습니다.

"야, 김은채. 이게 다 무슨 말이야?"

벌거벗은 남자아이가 귀신이라도 본 듯 소릴 꽥 지르며 교복을 주섬주

섬 들고서 집을 뛰쳐나갔습니다. 바닥에 드러누워 있던 은채가 천천히 일어났습니다.

"애들 있을 땐 방 밖으로 나오지 말랬잖아? 냄새나서 다들 싫어한다고. 이러다가 과외 다 끊기면 어떻게 하려고 그래?"

은채가 분홍색 레이스 팬티를 입으며 퉁명스레 말했습니다. 분홍색 레이스 팬티는, 제가 제일 아끼는 속옷이었습니다. 그런데 날씬하고 육감적인 은채의 몸에 더 잘 어울렸습니다. 언제부터 제 것들이 은채에게 더 잘 어울리게 된 것인지 모르겠습니다.

"엄마 많이 아픈 거 왜 나한테 말 안 했어?"

폐렴 때문인지, 슬픔이 목에 걸려서인지 목소리가 잘 나오지 않았습니다.

"내가 말 안 했나? 바빠서 몰랐지."

"이 문자들은 다 뭐야? 언제부터 내 폰을 네 마음대로 사용한 거야?"

"그럼 명색이 새아버지도 아버지인데 문자 온 걸 다 씹어?"

"뭐라고?"

은채의 비아냥에 화가 치밀어 올랐습니다.

"왜 병원비 안 줬어?"

"극구 사양하는 걸 나보고 어쩌란 말이야?"

"그럼 그 돈은 다 어떻게 했는데?"

"언니가 삼시 세끼 처먹은 건 공짜로 생긴 건 줄 아나 봐?"

심드렁하게 구시렁대는 은채의 멱살을 붙잡았습니다. 제 몸 어디에서 그런 힘이 났는지 당장에라도 목을 부러뜨릴 기세로 으르렁댔습니다.

"도대체 나한테 왜 이러는 건데?"

엄마, 시체를 부탁해

"그걸 아직도 몰라? 진짜 멍청하네."

은채가 제 손을 잡아 뜯어내더니 저를 방바닥에 패대기쳤습니다. 좀 전에 잡아먹을 듯이 달려들었던 기세는 어디로 가고 쇠약해질 대로 쇠약해진 제 몸은 순식간에 나가떨어졌습니다. 옆구리와 엉덩이에 전해지는 통증보다 모멸감이 비수처럼 찔러 더 아팠습니다.

저는 억지로 몸을 일으켜 세웠습니다. 소파 위에 널브러져 있던, 예전엔 제 것이었지만 지금은 은채가 입고 다니는 코트를 잠옷 위에 걸쳤습니다.

"어디 가려고?"

은채가 제 앞을 가로막았습니다.

"병원에. 가서 필요하다면 내 신장이라도 떼서…."

"안 돼!"

"왜? 왜 안 돼?"

가소롭고 어리석은 자를 내려다보는 듯한 은채의 표정을 보고서야 저는 깨달았습니다.

"네가 그랬지?"

"뭘?"

"시치미 떼지 마! 엄마 신장 망가진 거, 네 짓이지?"

다 듣고도 감당할 수 있겠냐는 듯한 눈빛으로 절 노려보며 은채가 말했습니다.

"신장이식? 다 소용없어. 언니 신장도 언니 엄마 신장도 제초제에 이미 중독됐거든. 그리고 한 번 망가진 신장은 되돌릴 수 없어."

머릿속에서 뭔가 뚝 끊어지는 소리를 들은 것 같았습니다. 저는 괴성을 지르며 은채에게 덤벼들었습니다. 겨우 몇 달 만에 저와 제 가족을 병들게 만들고, 돌아갈 수 없는 죽음의 낭떠러지 앞에다 끌어다 놓은 은채를 용서할 수 없었습니다.

은채와 저는 누가 먼저랄 것도 없이 서로의 머리끄덩이를 붙잡고 서로를 할퀴고 발로 걷어차고 주먹을 날렸습니다.

그러다 갑자기 퍽, 하는 기분 나쁜 소리가 났습니다. 은채가 거실 탁자 위에 올려져 있던 노트북으로 제 머릴 내리친 것이었습니다. 저는 날아가다시피 바닥에 고꾸라졌습니다. 그러면서 거실 탁자에 그만 머리를 찧고 말았습니다. 쇠꼬챙이가 관자놀이를 뚫고 나가는 듯한 통증을 느꼈습니다.

비릿한 쇳내가 방 안에 가득 찼습니다. 그건 제 피 냄새였습니다. 저는 죽음 같은 어둠 속으로 빨려 들어갔습니다.

4

경찰들이 나가고 나자 은채 엄마는 분에 못 이겨 발로 바닥을 세게 굴렀다. 낙상 방지 가드를 붙잡고 흔들기도 했다. 성난 황소처럼 씩씩거렸다.

나는 은채 엄마가 왜 이렇게 화를 내는지 알지 못했다.

"나 골탕 먹이려고 작정했지? 그래서 그런 말도 안 되는 유서를 남긴 거지?"

선득한 바람이 얼굴 위로 휙 불었다. 커다란 그림자가 눈꺼풀에 스쳤다. 바로 다음 순간, 픽 소리와 함께 머리통이 쪼개지는 듯한 통증이 일었다.

"이 망할 년!"

이게 무슨 일인지 알아차리기도 전에 두 번째 공격이 이어졌다.

'픽!'

이번에는 커다란 쇠못이 이마에 꽂히는 것 같은 통증에 정신이 아득해졌다.

"차라리 거기서 죽어버리지!"

눈꺼풀 위로 커다란 그림자가 어룽거렸다. 지독한 장미 향수 냄새와 땀내가 훅 끼쳤다. 한 방만 더 맞으면 치명타다. 어떻게든 마지막 일격을 피하고 싶었다. 필사적으로 온몸에 힘을 주었다.

살고 싶다. 살고 싶다. 미치도록 살고 싶다고 속으로 외쳤다.

손목을 묶었던 천이 조금 헐거워졌다. 힘을 주자 손이 움직였다. 문득, 지금 내가 생각한 대로 몸이 움직인다는 사실을 깨달았다. 마지막 치명타를 막아내기 위해 팔을 들어 올리려고 했다. 하지만 그러기엔 힘이 턱없이 모자랐다. 손을 꼼지락대는 게 다였다. 결국 이렇게 죽는구나, 싶었다.

그때 병실 문이 열렸다. 덮쳐오던 그림자가 순식간에 사라졌다. 병상 아래쪽에서 뭔가가 통, 하고 바닥에 부딪히는 소리가 올라왔다.

"아유, 물통이 왜 이렇게 미끄럽지? 실수로 그만 떨어뜨렸네?"

극심한 두통 때문에 정신을 차릴 수가 없었다. 그 와중에도 벌어진 상처에서 피가 샘솟는 걸 느꼈다.

"김은채 환자, 코드 블루, 코드 블루."

알고 봤더니 내가 손가락을 움직여 환자감시장치 센서를 손가락에서 빼낸 것이었다. 그 바람에 심정지 알림이 울렸고 간호사들이 달려왔다. 마침 머리에서 피가 샘솟고 있었고 응급처치를 위해 보호자인 은채 엄마는 병실 밖으로 쫓겨났다.

의료진이 몰려와 붕대를 풀고 머리의 상처를 살펴보는 동안 간호사가 나에게 진정제를 투약했다. 통증들이 뭉근하게 잦아들면서 졸음이 몰려왔다.

바닥없는 어둠 속으로 온몸이 가라앉고 있었다.

나연 쌤의 영어 공부 팁/유학 준비/일상/공유 블로그

2023. 11. 4. 01:32

정신을 차렸을 땐 차 안이었습니다. 저는 마네킹처럼 사지를 쭉 뻗은 채 조수석에 실려 있었습니다.

은채가 손바닥으로 운전대를 내리치며 고함을 치고 있었습니다.

"김나연으로 몇 달 살지도 못했는데 왜 자기 마음대로 죽어버린 거야? 왜? 왜?"

차가 갓길에 섰습니다. 은채가 씩씩대며 운전석 문을 열고 나갔습니다.

엄마, 시체를 부탁해

저는 실눈을 떴습니다. 은채의 뒷모습이 전조등 불빛 때문에 핏빛으로 물들어 있었습니다. 강변로를 따라 걸으며 어디에다 저를 갖다 버릴지 가늠해 보는 것 같았습니다. 아니면 강에라도 던져버릴 계획을 짜고 있는 것 같았습니다.

여기서 벗어날 생각에 저는 조심조심 조수석에서 운전석으로 옮겨 탔습니다. 차에 시동이 걸려 있었습니다. 기어를 후진에 두고 가속페달을 밟으려던 때였습니다.

룸미러를 쳐다보았습니다. 거기엔 거뭇거뭇한 피부에 불그죽죽한 입술을 한 깡마른 여자가 있었습니다. 퀭한 두 눈에 생기라곤 찾아볼 수 없는, 병들고 가난한 여자였습니다.

거울 속 여자는 제가 아니었습니다. 김나연이 아니었습니다.

참을 수 없는 분노가 치솟았습니다. 기어를 주차에 맞추고 가속페달을 밟았습니다. 바퀴가 공회전하면서 비명을 질렀습니다. 기어를 주행으로 바꾸고 피투성이 맨발에 더욱 힘을 줬습니다.

순식간에 둔탁한 충돌음과 함께 은채의 몸이 범퍼 아래로 사라졌습니다. 저는 조금의 망설임도 없이 핸들을 꺾어 집으로 되돌아갔습니다.

난장판인 집으로 돌아와 죄책감과 불안함과 공포에 휩싸여 몸을 떨었습니다. 부들부들 떨리는 손으로 스마트폰을 찾았습니다.

저는 블로그에 두서없이 글을 쓰기 시작했습니다.

조금 있으면 살인자가 됩니다.

아니, 어쩌면 벌써 살인자가 됐을지도 모릅니다.

그러므로 이 글은 당연히 유서(遺書)입니다.

5

주위에 아무도 없는 걸 귀와 코로 확인하고 또 확인한 후 눈을 떴다. 잿빛의 병실 천장이 보였다. 병실 안은 어둑했다.

머리맡에 켜져 있는 보조등 하나에 의지해 제일 먼저 내 몸을 살폈다. 혼자 남은 틈을 타 도망칠 속셈이었다. 골반 아래를 보려고 턱을 당기는데 고개가 움직이지 않았다. 낙상 방지 가드에 천으로 묶인 오른손을 마구 흔들어 빼낸 다음, 목에 가져다 댔다. 목과 머리통을 연결한 쇠막대기 같은 게 만져졌다. 이번엔 가슴을 더듬어 보았다. 가슴부터 허리까지 딱딱한 깁스가 보정속옷처럼 둘러쳐져 있었다. 왼쪽 다리도 깁스가 되어 있었다. 움직일 수 있는 건 오른손과 오른 다리뿐이었다.

한숨이 절로 나왔다. 이러면 산송장이나 다를 게 없다.

저울질해 보았다. 은채 엄마에게 내가 어떤 상태인 게 더 나은지. 코마 쪽으로 저울 받침대가 기울어지는 건 당연했다.

멀리서 은채 엄마의 간드러진 콧노래가 날아 들어왔다. 나는 얼른 두 눈을 감았다. 은채 엄마는 경쾌한 손놀림으로 물티슈를 뽑아서 내 손과 발을 닦아주었다. 차가워서 화들짝 놀랐지만, 최대한 몸을 움직이지 않으려고 애썼다.

"은채야, 네가 내 마지막 적금이란다. 우리 예쁜 은채야."

콧노래와 섞어 흥얼거리는 은채 엄마의 말에 온몸이 굳어버렸다. 이번엔 무슨 방법으로 내 숨통을 끊으려고 할지 모른다. 잔머리를

엄마, 시체를 부탁해

쓸어 넘겨주다가도 내 얼굴 위에 베개를 얹고 짓누를 수도 있었다. 그러고도 남을 여자였다.

"안녕하십니까? 또 뵙네요. 박형식 경삽니다."

구둣발 소리로 유추해 볼 때 박 경사 외에도 여러 사람이 병실에 들어온 것 같았다.

"뺑소니범 잡았어요?"

물티슈로 닦던 손길을 멈추며 은채 엄마가 퉁명스레 물었다.

"네, 잡았습니다."

기대하지도 않았던 대답이 돌아와 나는 깜짝 놀랐다. 놀라기는 은채 엄마도 마찬가지인지 헉, 하고 숨을 삼키는 소리가 내 귀에까지 들렸다.

"나흘 전 강에 투신자살하려 했던 20대 여성을 극적으로 구조했어요. 그 여성이 블로그에 쓴 게시물을 심상치 않게 여겼던 블로그 이웃이 경찰에 신고해 자살을 막을 수 있었죠."

컴컴한 강물을 바라보며 무언가를 가늠해 보고 있던 내 모습이 기억났다. 나는 그때 강물에 뛰어들 생각이었던 걸까.

"투신자살하려 했던 여성이 바로 김나연 씨입니다."

"김나연? 은채가 갖고 있던 유서에 적힌 그 김나연이요?"

"네, 그렇습니다. 그리고 나흘 전에 김나연 씨가 구조되자마자 자백했습니다. 자신이 은채 양을 차로 치고 달아났다고요."

이게 다 무슨 소리지? 뺑소니범이 김나연이라면 나는 누구란 말이지?

내가 김나연이다. 호주 멜버른대학교로 유학 갈 예정인 명문대 영문과 휴학생이고, 모자란 유학 비용을 메꾸기 위해 공부방을 운영하는 건실한 20대 청년 김나연이란 말이다.

"가요, 갑시다. 김나연인가 뭔가 하는 뺑소니범 면상 좀 봅시다."

엄마가 소매를 걷어붙이며 씩씩거렸다.

"그런데 수사 과정에서 은채 양의 범행이 드러났습니다. 김은채 양 주머니에서 나온 유서는 가짜였습니다. 김나연 씨가 죽은 줄 알고 자살로 위장해 시체를 강에 버릴 생각으로 쓴 유서라고 하더군요."

나는 눈꺼풀이 떨리지 않게 조심하며 어금니를 앙다물었다. '코마'라는 안전지대에 계속 숨어 있고 싶었다.

엄마 말대로 나는 엄마의 마지막 적금통장 같은 거였다. 내 폐와 신장도 조금씩 망가지기 시작했다. 나는 도망쳐야만 했다. 아무도 찾을 수 없는 곳으로.

그러기 위해선 돈이 필요했다. 하지만 대학 진학도 못 한 터라 변변한 직장을 구할 수 없었다. 영어는 곧잘 했기 때문에 과외 중개 앱을 통해서 과외 일을 구했다. 학력과 경력을 속인 걸 들키기 전까지였지만.

앱에서 김나연을 발견한 게 그때였다. 신고하겠다는 학부모에게 무릎을 꿇고 빌었던 날이었다. 그동안 받았던 과외비도 도로 토해 내라고 해 그 자리에서 계좌이체를 해줬다. 그러고 나서 여관으로 돌아와 앱을 들여다보는데 김나연이라는 이름이 눈에 들어왔다. 명문대 영문과 휴학생, 성도 나하고 같은 김 씨, 비슷한 또래의 1인

엄마, 시체를 부탁해

가구 여성. 그녀가 주저리주저리 써놓은 블로그 글들을 읽으며 나는 결심했다. 내가 김나연이 되겠다고.

학생인 척 접근했다. 중고 거래 사이트에서 교복을 사서 입었다. 여관을 들락거리는 일진들에게 몇만 원 쥐여주고 같이 따라가 달라고 부탁했다. 그렇게 시범 과외를 핑계로 김나연에게 접근해 그녀를 야금야금 빼앗았다.

"가짜 유서 안에 흥미로운 사실들이 적혀 있었습니다. 제가 오래전부터 예의 주시해 왔던 일가족 연쇄 사망 사건에 대한 단서였죠."

엄마가 코웃음을 쳤다.

"일가족 뭐요?"

"당신 첫 번째 남편과 시어머니, 두 번째 남편과 전처소생인 아들까지 줄줄이 폐와 신장이 섬유화되고 결국엔 호흡곤란과 신부전으로 사망한 사건 말입니다. '파라콰 하이드레이트'라는 제초제에 중독된 거였죠."

건강한 성인 남녀는 30배로 희석한 제초제를 조금 마시는 거로는 바로 죽지 않는다. 여러 가지 합병증이 발병되어 고통스럽지만 아주 천천히 죽는다. 실험할 필요도 없었다. 그걸 바로 곁에서 지켜보며 컸으니까.

"어머, 그랬어요? 진즉에 알았으면 식구들을 그렇게 허망하게 보내진 않았을 텐데, 아쉽네요."

엄마가 이렇게 뻔뻔스럽게 나오는 데에는 다 믿는 구석이 있어서였다.

"사망한 식구들 모두 화장이 되는 바람에 독살됐다는 증거가 없었습니다. 눈앞에서 범인이 활개 치고 다니는 모습을 지켜보고 있을 수밖에 없어서 전 밤에 잠이 안 올 지경이었죠."

콧소리를 섞어가며 엄마가 연극적으로 웃었다.

"이제 포기할 때 안 됐어요? 괜한 일에 애 끓이지 말고 두 다리 쭉 뻗고 주무셔요."

"그런데 엉뚱한 곳에서 실마리를 찾은 겁니다. 지금 김나연 씨가 앓고 있는 원인 모를 병증이 '파라콰트 하이드레이트' 제초제 중독 증상과 같더군요. 그래서 당신이 어떤 방식으로든 개입된 게 아닐까 의심했죠. 김나연 씨 빌라를 샅샅이 뒤졌더니 뭐가 나왔는지 압니까?"

"뭐, 뭐가 나왔는데요?"

엄마의 목소리에서 미세한 떨림이 느껴졌다.

"싱크대 수납장에서 제초제를 30배로 희석한 희석액이 담긴 간장병을 발견했습니다."

그 간장병은, 내가 집을 나올 때 몰래 챙긴 것이었다. 엄마가 보일러실을 들락거릴 때마다 유심히 지켜봤던 덕에 보일러 연통 안에 숨겨져 있던 간장병을 발견할 수 있었다.

"거기서 누구 지문이 발견된 줄 알아? 당신 지문이 나왔어!"

종이 뭉치 같은 게 바스락거리는 소리가 났다.

"2018년 10월 7일, 남편이 몸이 너무 아프다. 원래 약골인 사람이긴 한데 요즘엔 도통 입맛이 없는지 음식을 입에 대려고 하지 않는다. 역시나 전복죽이 기력 보강엔 최고지. 손질한 전복을 다져서 냄비에 넣고 국간장과 참기름에 볶는다."

엄마가 후원금을 거둬들이기 위해 썼던 병상 일기였다.

"당신 블로그에 올라온 병상 일기인데 여기 사진에 간장병 보여? 당신 손에 들고 있는 거? 간장병 라벨에 묻은 간장 얼룩까지 김나연 씨 집에서 나온 것하고 똑같지?"

엄마의 슬리퍼 소리가 바닥을 빠르게 때리며 울리다가 멈췄다. 형사들이 도망가는 엄마를 놓아줄 리가 없었다.

"이거 왜 이래?"

옷자락이 사납게 스치는 소리가 났다.

"당신을 현 시각 부로 친족 살해 혐의로 긴급체포합니다. 변호사를 선임할 수 있으며…."

형사들이 엄마를 에워쌌다.

"아니, 은채 이년이 저지른 짓에 왜 나까지 끼워 넣는 거야?"

"김나연 씨 살인 미수 사건하고 당신 사건은 별건이야. 당신은 이제 연쇄살인 사건 용의자라고!"

엄마가 씩씩거리며 악을 썼다.

"그 간장병에 제초제를 은채가 넣었는지 내가 넣었는지 증명해야만 될 거야!"

경찰이 그것까지 증명해 내지 못한다면 엄마는 어떻게 되는 것일까?

"당신, 엄마 맞아? 어떻게 자신이 저지른 죄까지 딸한테 덮어씌우려고 해?"

6

모두가 사라지고 나만 남았다. 물론 형사 몇이 병실 밖에서 지키고 서 있긴 하다. 살인 미수 용의자로 체포하기 위해 내가 깨어나길 기다리면서.

이렇게 될 줄 알았다면 그런 몹쓸 짓까지 벌이진 않았을까? 아니, 나는 어렴풋하게나마 이런 결말을 예상했던 것 같다. 예상했지만 남의 걸 빼앗는 행동을 멈추지 못했다. 내가 엄마에게서 배웠고 잘할 수 있는 건 오로지 빼앗는 것뿐이었으니까. 상대가 가진 유일한 것이 목숨일지라도.

환자감시장치의 알림음만이 규칙적으로 울리고 있었다. 가만히 그 소리에 맞춰 입술을 달싹거렸다.

내 이름은 김나연이다.

올해 스물세 살이고 유학을 앞둔 휴학생이다.

그리고 나는 지금 '김은채'라는 감옥에 갇혔다.

엄마, 시체를 부탁해

여름의 시간

2019년

8월에 폭설입니다.

시드니 도심을 벗어난 소형 밴은 굵어진 눈발 때문에 국도 위를 느릿느릿 기어가고 있습니다. 남극성 한랭전선이 호주 남동부에 상륙했다며 40년 만의 폭설이라고 라디오에서 연방 떠들어 댑니다.

남편이 라디오를 끄며 히터를 세게 틀어줍니다.

앞 유리창을 닦는 와이퍼 소리가 점점 커집니다. 저는 손에 쥐고 있던 송달장을 차 글러브 박스 안에 집어넣은 뒤 탁, 소리 나게 닫습니다.

"무혐의래요. 이젠 정말 끝났어요."

제 말에 남편이 힘없이 되받아칩니다.

엄마, 시체를 부탁해

"우리한테 끝이란 게 있을까요?"

남편은 결혼 후에도 저에게 말을 놓지 않습니다. 그래서 그런지 우리에겐 다른 부부와 다르게 몇 글자만큼의 간극이 존재합니다. 때로는 그 틈이란 게 수십, 수백 킬로미터의 거리만큼 멀게 느껴질 때도 있습니다.

저는 남편의 얼굴을 찬찬히 뜯어봅니다. 이제 겨우 서른여섯인 남편은 몇 년 새 갑자기 늙어버렸습니다. 머리칼은 새하얗게 샜고, 미간엔 주름이 깊게 패었습니다. 9년을 함께 살았는데, 9년 동안 하루하루 모르는 사람이 되어갔습니다.

"사실은, 저였죠? 그 여자가 아니고요."

잠결에도 차마 입 밖으로 꺼내지 못했던 질문입니다.

남편이 제 물음에 조수석 쪽으로 고개를 돌립니다. 뒤늦게 질문의 뜻을 알아채고는 흠칫 놀랍니다.

"대답은 그걸로 됐어요."

눈가가 뜨거워지는 건 어쩔 수 없는 모양입니다.

그때 차체를 붙잡고 흔드는 듯한 엄청난 경적이 전방에서 울립니다. 재빨리 고개를 돌려 앞을 바라보는 남편의 얼굴이 순식간에 얼어붙습니다. 저도 그 시선을 따라 앞쪽을 바라봅니다.

중앙선 반대편에서 커다란 유조차 한 대가 몸을 비틀면서 이쪽으로 돌진해 옵니다. 남편이 급브레이크를 밟습니다. 저는 목이 푹 꺾입니다. 다시 머리를 치켜드는데 보니 유조차가 바로 코앞까지 다가와 있습니다. 차 앞부분이 강한 충격에 찌그러집니다. 앞 유리창이 박살 나고 에어백이 터집니다. 여기저기 처박히며 정신을 차릴 수가 없습니다. 사방이 빙글빙글 돕니다.

어느새 밴은 멈췄고 저는 도로로 튕겨 나왔습니다.

차가운 눈보라가 제 얼굴로 쏟아져 내립니다. 바람결에서 피 냄새와 휘발유 냄새가 납니다. 온몸에 힘이 들어가지 않습니다. 저는 손가락 하나 까딱할 수 없습니다. 정신을 차리려고 몇 번이나 눈을 깜박입니다.

핸들에 얼굴을 처박고 쓰러진 피투성이 남편이 보입니다.

저는 입술을 달싹거립니다. 입안 가득 고인 피를 받아내면서 남편의 이름을 가까스로 부릅니다.

그리고 바로 그 순간,

뜨거운 화염이 남편을 집어삼킵니다.

2018년

이번이 벌써 세 번째입니다.

어제는 거짓말탐지 검사를 받았습니다.

무비자로 체류 가능한 기한 동안 저는 최선을 다해 참고인 조사에 응할 생각입니다. 그래야만 실종된 부부와 그 가족들에 대한 마지막 도리라고 생각해서입니다.

"안녕하세요. 무진시 미제사건 전담반 이두호 형삽니다."

일명 '공방 부부 실종 사건'이 발생한 지 벌써 6년째입니다.

"먼저 이름, 나이, 직업, 사는 곳을 말하세요."

"올해 서른다섯이고 이름은 이한나, 오스트레일리아 시민입니다. 지금은 시드니 킹스크루에서 살고 있어요. 남편과 둘이서 작은 홈 클린 업체를 운영하고 있습니다."

박동민, 김지연 부부의 공방이 며칠 동안 문을 열지 않자 이를 이상하게 여긴 박동민의 누나가 부부의 아파트로 찾아가면서 신고를 하게 되었습니다.

"남편 되시는 분도 한국 교포입니까?"

"아닙니다. 토니는 호주 시민권자지만 중국계 동양인입니다."

처음에 경찰은, 부부가 여행 일정을 주위에 알리지 않아 발생한 해프닝 정도로 여겼습니다. 하지만 부부의 아파트 CCTV 녹화본을 살펴보게 되면서 사건은 미궁에 빠집니다.

8월 7일 밤 9시경, 아내 김지연의 귀가 장면이 중앙 출입문과 승강기 CCTV에 찍혀 있었습니다. 그로부터 한 시간 뒤, 남편 박동민이 지하 주차장에 차를 대고 내렸고 승강기를 타고 7층으로 올라가는 모습이 고스란히 녹화되었습니다.

문제는 8월 7일 이후 이 부부가 아파트 밖으로 빠져나가는 모습이 전체 열일곱 대나 되는 CCTV 그 어디에도 찍히지 않았다는 것입니다.

"그럼 남편분도 실종된 박동민 씨를 알고 있나요?"

"아니에요. 토니는 이 사건에 대해 전혀 몰라요. 제가 변호사 없이 한국으로 자진 출두한 걸 알면 화를 낼 사람이에요."

집안에는 누군가 강제로 침입한 흔적도 없었고 사라진 물건도 없었습니다. 남편 박동민의 휴대전화와 지갑이 식탁 위에 그대로 놓여 있었고 현관엔 아내 김지연이 인근 마트에서 장을 봐온 비닐봉지가 봉지째 부려져 있었습니다. 지문 감식, 루미놀 반응 감식을 했지만, 수상한 점은 발견되지 않았습니다.

"경찰 당국의 협조 요청을 계속 무시해 오다가 이렇게 자발적으로 입국해 조사를 받는 이유가 뭔가요?"

"처음엔 절 골탕 먹이려고 이러나 싶었습니다. 사라졌다 나타나도 법적 처벌을 받는 건 아니니까요."

100여 세대의 아파트 주민들과 인근 상가 지역의 상인들을 탐문했지만, 8월 7일 이후로 박동민, 김지연 부부를 목격했다는 이가 한 명도 없었습니다.

"각종 프로그램에서 저를 계속 쫓아다녀요. 모든 혐의를 벗고 이제 자유롭게 살고 싶어요."

부부의 가족들과 지인들의 제보로 경찰은 박동민의 첫사랑이자 내연녀인 저를 찾아냈습니다.

"박동민 씨 하고 연인 사이였죠?"

"네. 제가 국제학부 한국어학과 유학 시절에 가입했던 연극 동아리에서 처음 만났어요. 동민이는 거기서 무대 장치나 소도구 등을 만드는 미술팀 팀원이었어요. 전 연기자 지망생이었고요."

"중간에 헤어졌다던데 어떻게 다시 연락하게 된 거죠?"

엄마, 시체를 부탁해

"동민이 누나가 저한테 메일을 보냈어요. 제가 학업을 포기하고 본국으로 돌아가는 바람에 동민이가 우울증에 걸려 집에서 은둔형 외톨이로 지내고 있다고요. 동생을 제발 도와달라는 누나의 간곡한 부탁에 다시 연락을 주고받게 됐어요. 하지만 저는 한국에 곧바로 들어올 순 없었어요. 하나뿐인 할머니를 요양원에 모셔야 했거든요."

그러는 사이 아버지의 강압에 못 이겨 박동민은 김지연과 맞선을 보았습니다. 두 사람은 만난 지 석 달 만에 상견례까지 치렀습니다. 박동민이 췌장암이었던 아버지의 뜻을 도저히 거역할 수 없었기 때문입니다. 김지연 또한 육사 출신 집안 딸로 아버지 은사 집안과의 정략결혼을 거부할 수 없었습니다.

"박동민 씨가 결혼한 후에도 두 사람은 계속 연락을 주고받았죠?"

박동민의 아버지는 결혼식을 보고도 2년이나 더 살다 가셨습니다.

"네, 한국에 몇 번 다녀가기도 하고 세컨드 폰으로 서로 연락을 몰래 주고받았어요."

그걸 눈치챈 김지연은 정신적 충격으로 신경안정제까지 복용했다고 합니다. 박동민의 일거수일투족을 감시하며 따라다녔고, 언제부턴가 목공방도 부부가 함께 운영하게 되었습니다. 김지연의 친정어머니 말로는 이한나라는 이름 석 자만 나와도 김지연이 치를 떨었다며 친정엄마가 증언했습니다.

"하지만 저도 호주에서 토니를 만나 결혼을 하면서 우리 관계는 완전히 끝나게 되었죠."

"부부가 실종되기 며칠 전에 한국으로 들어왔죠?"

"네, 한국은 처음인 남편과 함께 관광차 왔었어요."

2012년에는 호주 여권에 생체 정보를 기록하지 않아도 되었습니다. 하지만 앞으로 호주에서도 여권에 생체 정보를 기록하도록 하겠다는 뉴스 보도가 나오고 있었습니다. 그래서 출입국 심사가 까다로워지기 전에 해외여행을 많이 다녀야겠단 생각에 한국행 관광을 결정했던 것입니다.

"그때 박동민 씨한테 전화한 내역이 있던데요? 그것도 여러 번."

"언제 한번 시간 날 때 모여서 식사나 같이하자는 전화였어요."

"김지연 씨가 그 제안을 좋아하던가요?"

"화를 냈어요. 기분 나쁜 게 당연하잖아요."

실종 며칠 전에 입국한 정황 때문에 경찰은 지속적으로 저에게 참고인 조사를 요구해 왔습니다. 그 부부가 저를 골탕 먹이기 위해 벌인 자작극이라 여겨 저는 경찰의 요구에 응하지 않았습니다.

"거짓말탐지 검사에서 말입니다. 실종 당일에 박동민 씨를 만났냐는 질문에 아니라고 대답하셨는데 거짓 반응이 나왔어요."

"거짓말탐지 검사를 100% 신뢰할 수는 없다고 들었어요. 혹시 제가 그 부부에게 협박이나 위해를 가했냐는 질문에 아니라고 대답했는데 그건 결과가 어떻게 나왔나요?"

"진실 반응 나왔습니다."

이두호 형사가 콧김을 길게 내뿜었습니다. 만나긴 했는데 위해를 가하진 않았다는 상반된 진실에 부딪혔기 때문일 겁니다.

엄마, 시체를 부탁해

"부부가 살던 아파트가 23년 된 오래된 아파트라서 건물 외벽에 비상계단이 나 있는 구조던데요. 이 비상계단에는 CCTV가 설치되어 있지 않아요. 혹시 이한나 씨가 어떤 위협을 가해 부부 스스로 아파트 밖에 나오도록 유인한 거 아닙니까?"

"제가 나오라면 그 두 사람이 순순히 집 밖으로 나올까요? 제 혀가 얼마나 대단하길래 다 큰 성인 남녀를 그렇게 흔적도 없이 사라지게 만들 수 있죠?"

비상계단으로 나가는 문손잡이에 부부의 지문도 찍혀 있지 않았습니다.

"2012년 8월 7일 이후로 박동민, 김지연 부부가 사라졌고 그 뒤 어떠한 생활 반응도 없습니다."

"저는 무진시 근처에도 안 갔습니다. 그때 서울에 있었어요. 카드로 계산하고 받았던 영수증을 아직도 간직하고 있습니다."

"이상하군요. 보통은 6년 전 영수증까지 갖고 있지 않잖아요?"

"전 여행지에서 쓴 영수증은 꼭 모아둬요. 팸플릿이나 기념엽서 같은 것들과 함께요. 그래야 나중에 잊어버리지 않고 추억을 떠올릴 수 있으니까요."

"그럼 한국 관광을 끝내고 14일에 출국해서 바로 호주로 돌아갔나요?"

"아니에요. 홍콩을 거쳐 마카오로 가는 배를 탔어요. 한국을 경유하면 일본, 중국, 대만, 인접 국가들에 무비자로 입국할 수 있거든요."

"일단, 알겠습니다. 그럼 2012년 8월 5일부터 14일까지 뭘 했는지 진술서에 자세히 써주세요. 그리고 마지막에 지장 찍으시고요."

"저기, 제가 오랫동안 청소용액에 손을 담그고 살아서 지문이 다 벗겨졌는데, 그래도 괜찮을까요?"

"이건 직접 대면하고 진술받았다는 뜻으로 받아두는 지문이니까 찍으세요."

벌써 세 번째 쓰는 자필 진술서인데도 볼펜을 쥔 손이 떨립니다. 세 번의 진술서가 단어 하나 틀리지 않고 똑같으면 오히려 더 수상하기 때문에 저는 여러 버전으로 준비해서 연습해 왔습니다. 볼펜을 쥔 손가락이 따갑고 아려옵니다. 오늘 밤에도 호텔 세면대에 독한 청소용액을 붓고 오랫동안 열 손가락을 담가야 할 것 같습니다.

2017년

호주 울룰루의 사막은 적(赤)빛입니다. 어떤 죄 많은 거인이 쏟아낸 핏자국처럼 온통 붉습니다.

저는 끝도 없이 이어진 붉은 길 가운데에 서서 먼 곳을 응시하고 있습니다. 방충 모자를 뒤집어쓰고 장화를 신은 꼴이 이제 막 화성에 도착한 우주인 같습니다. 하지만 땀에 흠뻑 젖어도 이런 불편한 옷을 입을 수밖에 없습니다. 이곳에는 날벌레든 땅벌레든 모두 사람을 물어뜯습니다. 방갈로에서 작업복 바지를 갈아입을 때마다 여기저기에 물린 자국을 보면 언제 물렸는지도 몰라 모골이 송연해

엄마, 시체를 부탁해

지곤 합니다.

호주 울룰루의 8월은 겨울입니다. 하지만 낮은 피처럼 뜨겁고 밤은 별처럼 차갑습니다. 엄청난 관광객들이 찾아오는 성수기이지만 이곳 낙타 농장은 관광객을 받지 않습니다. 오로지 판매만을 위해 낙타를 키우는 농장입니다.

간혹 외지인들이 찾아올 때가 있는데 그러면 저와 남편, 토니는 농장 제일 안쪽의 인부들 숙소에 몸을 숨기곤 합니다. 호주 원주민인 농장주는 우리를 동양인 불법체류자 정도로 알고 있습니다. 숙식 제공만 해주고 거의 공짜로 부려먹기 때문에 젊은 동양인 부부가 외지인의 눈을 피해 숨더라도 수상하게 여기지 않고 오히려 적극적으로 숨겨주기까지 합니다.

오늘 아침에 토니와 함께 트럭을 타고 나가면서 농장주는 누가 방문할 거라는 소리를 하지 않았습니다. 그런데 저 멀리서 하얀 실루엣이 붉은 모래바람을 일으키며 다가오고 있습니다. 저는 한 손에 양동이를 들고서 길 한가운데에 얼어붙어 있습니다.

어룽대던 실루엣이 점차 하얀색 미니버스로 변하고, 버스 앞 유리창에 붙은 A4 용지가 나풀대는 게 보입니다. 관광객들을 태운 버스가 분명해서 전 양동이를 집어 던지고 냅다 뜁니다. 장화에서 북북 소리가 나고 지열과 방충망 때문에 숨이 가빠옵니다. 흥분한 낙타들이 저에게 침을 뱉으며 으르렁댑니다. 하지만 뒤돌아보지 않고 방갈로 안으로 뛰어 들어가 문을 걸어 잠급니다.

문에 바짝 붙어서서 어서 빨리 이 괴로운 시간이 지나가길 기다립니다.

그때 갑자기 방갈로 문짝이 심하게 쿵쾅거립니다. 누군가 거세게 문을 두들겨 대는 바람에 저는 불에 덴 듯 문에서 후닥닥 떨어집니다.

"이한나 씨? 이한나 씨? 방송국에서 나왔습니다, 이한나 씨?"

숨조차 내쉴 수가 없습니다.

"아무도 없는 거 아냐?"

"안에 있는 거 확실해. 아까 누가 뛰어 들어가는 거 봤어."

방송국 피디가 또다시 문을 걸어찹니다. 어찌나 세게 걸어차는지 문짝이 떨어져 나갈 듯이 들썩거립니다.

"어머님, 어머님이 한 말씀 해보세요. 저 여자도 양심이란 게 있으면 어머님 목소리엔 반응을 보이겠죠."

"이, 이한나 씨? 문 좀 열어줘요. 묻고 싶은 게 있어요. 그날 우리 딸 못 봤어요? 우리 딸하고 진짜 안 만났어요? 제발 대답 좀 해줘요. 네?"

저는 입 밖으로 튀어나오려는 말을 양손으로 틀어막습니다.

"한나 씨? 한나 씨? 제발 말 좀 해줘요. 네? 이한나 씨?"

이제는 두 눈을 질끈 감고 손으로 양쪽 귀를 틀어막습니다. 지구 반대편의 사막으로 도망쳤지만, 소용이 없습니다.

이건 너무나도 지독한 형벌입니다.

2015년

토니에게

자네가 얼마나 그 아이를 찾고 싶어 하는지 잘 알고 있네. 하지만 다시
한번 자네 아내인 한나에게 물어봐 줄 순 없겠나? 정말로 입양 보낸 게
맞는지 말일세.

호주 내 입양은 한국하고는 다르게 친부모와의 재결합 가능성이 없
을 때 진행되네. 친부모가 사망하거나 행방불명일 때 외엔 호주 내 입양
케이스가 거의 없다네. 그것도 민간단체나 복지재단이 입양 절차를 주
관하는 게 아니라 정부 기관에서 주관하기 때문에 일체의 정보에 접근
하기가 어렵다네.

그러니 자네와 한나가 혼전에 낳은 아이라 할지라도 입양아 선정 기준
에 부합하지 않는다네. 호주는 미혼모의 아이라 하더라도 입양 보내지
않는단 말이네.

아마 입양보다는 'Out of homecare'나 'Foster care'의 보호자들이 영구
적으로 아이들을 양육하고 보호하는 'Permanant Care'로 위탁됐을 것이
네. 이 경우엔 아이들의 정보를 공개할 의무가 법적으로 명시되어 있네.
또 그걸 데이터화해 놓은 정부 산하 웹 사이트가 있다네. 그래서 나는
자네가 제공한 DNA 정보로 위탁 아동들의 DNA 정보와 대조해 보았네.
그런데 일치하는 아동이 없었네.

자네와 한나 사이에서 낳은 아이가 확실한가? 그리고 알코올중독

치료를 받고 있던 자네 몰래 아내가 아이를 입양 보냈다는 말도 사실인가?

토니, 나는 자네 아내의 말을 100% 신뢰할 수 없네. 물론 자네를 믿지 못하겠다는 건 아니네. 자네는 내가 아는 사람 중에 가장 정직한 사람일세.

그러니 지금 우리에겐 자네 아내이자 아이의 엄마인 한나의 DNA가 필요하다네.

자네 아내가 정신적으로 불안정한 사람이라 하더라도 꼭 아내와 상의해 보길 바라네.

자네의 벗인 변호사 드웨인 킴이

벌겋게 상기된 얼굴로 토니가 메일 창을 열어둔 채 화장실엘 갔습니다. 시드니 스트라필드의 한국식 PC방은 진짜 한국의 PC방보다 비좁아서 눈만 살짝 돌려도 옆 사람의 모니터가 보일 정도입니다. 제가 자신의 메일을 읽은 줄도 모르고 자리로 돌아온 토니는 뒤늦게 창을 닫습니다.

모니터에서 눈을 떼지 않으며 저는 울지 않으려고 애씁니다. 토니가 왜 저와 함께 호주로 도망쳤는지 이제야 알 것 같습니다. 무표정한 얼굴 아래에 드리운 슬픔과 절망을 저 자신에게조차 들키지 않으려고 다른 생각을 합니다.

한 남자를 떠올립니다, 3년 전에 한국에 혼자 남겨진 남자를.

토니를 떠올립니다.

엄마, 시체를 부탁해

2013년

호주에서의 첫 겨울입니다.

여기 남동부 쪽은 그다지 춥지도 않고 한국의 초가을같이 선선합니다. 하지만 호주의 추위는 한 번도 데워지지 않았던 시멘트 바닥에서 올라옵니다. 침대 위에서 자는데도 새벽이면 얼마나 추운지 뼛속까지 시려서 앗, 하며 일어날 때가 종종 있습니다. 그럴 때마다 토니에게서 온기를 느끼려 손을 뻗지만, 그는 침대 끄트머리에서 그것도 제게 등을 돌리고 자고 있습니다. 추위에 덜덜 떨면서 몸을 동그랗게 말고 자는 모습이 안쓰러워 제가 손을 뻗어 안아주려고 하면 화들짝 놀라며 잠에서 깹니다. 그리고는 제 손이 저수지 밑바닥에서 발을 잡아채는 물풀이라도 되는 양 진저리를 치며 털어냅니다.

"아? 미안해요."

잠기운을 완전히 쫓아낸 토니가 힘없이 사과합니다. 그도 저처럼 악몽을 꾸는 게 틀림없습니다. 어떤 악몽인지 물어보지 않아도 알 것 같습니다.

우리는 호주로 넘어오기 전에 배를 타고 홍콩을 거쳐 마카오에 들렀습니다. 신분을 한 번 세탁하기 위해서이기도 했지만, 망망대해에 던져 넣어야 할 것들이 있었기 때문입니다.

오른손과 왼손과 머리 하나.

자르는 건 토니가 했습니다.

그동안 저는, 숲속 비포장도로가 끝나는 지점에 차를 대고 기다렸습니다. 좀 전에 토니는 차 트렁크에서 전동 그라인더를 꺼내 짐승들만 다니는 좁은 오솔길로 사라졌습니다. 완전한 어둠이 남편을 집어삼킬까 봐 무서웠습니다.

저는 두려움에 미쳐버리지 않으려고 핸들을 꽉 쥐고 놓지 않습니다.

수풀들과 잡목들 사이에서 커다란 뭔가가 불쑥 튀어나옵니다. 놀란 마음에 헤드라이트를 켜고 맙니다. 온통 피를 뒤집어쓴 남편의 모습이 적나라하게 드러나고, 커다란 날벌레들이 본능적으로 죽음의 냄새를 맡고서 그에게 달려듭니다. 저는 얼른 불을 끕니다.

새까만 그림자가 차 뒤쪽으로 다가와 트렁크를 엽니다. 후미등에 벌겋게 물든 남편을 애써 외면하려 하지만 자꾸만 룸미러를 쳐다보게 됩니다. 남편은 트렁크 안에서 김장용 비닐을 꺼내 바닥에 깔고 그 위에서 속옷까지 모두 벗어 담고 있습니다. 물티슈로 머리칼과 겨드랑이와 손발을 꼼꼼하게 닦는 소리와 씩씩대는 콧김 소리가 풀벌레들 울음소리와 뒤섞입니다.

오른손과 왼손과 머리 하나는 아이스크림 케이크 아이스박스에 담겨 있습니다. 벌거벗은 남편이 진분홍색 아이스박스를 트렁크에 내려놓고 새 옷으로 갈아입습니다. 피 묻은 옷가지들을 감싼 비닐도 둥글게 말아 차 트렁크에 집어넣습니다. 그것들은 여객터미널로 가는 길에, 미리 준비해 놓은 페인트 통에 담고 노상에서 불태울 거라고 했습니다.

　　　　　　　　　　　　엄마, 시체를 부탁해

차 조수석에 올라탄 남편에게서 비릿한 금속 냄새가 납니다. 남편은 차 글러브 박스에서 돈뭉치와 여권 두 개를 꺼냅니다. 하나는 이한나의 여권이고 다른 하나는 토니의 것입니다.

"호, 혹시 이 남자도…?"

"아, 아니에요. 술을 잔뜩 먹여서 먼 곳에 버리고 왔어요."

남편의 말로는 중국계 동양인인 토니는 노숙자 출신의 알코올중독자라고 합니다. 생김새는 한국인과 비슷한데 술에 절어 영어조차도 제대로 발음할 줄 모르는 심신미약자입니다. 그런 사람을 지방 소도시에 버리고 왔으니 한국에서 부랑자나 노숙자로 길거리를 떠돌다 객사할 게 뻔합니다.

남편은 그렇게 편취한 토니의 여권을 가지고 저와 함께 마카오로 갔습니다. 거기서 남들 다 하는 슬롯머신 한번 하지도 않고 호텔룸 안에 틀어박혀 지칠 때까지 몸을 섞었습니다. 그렇게 비루하고 어리석은 섹스는 또 없을 것 같습니다. 어둠과 어둠이 달려들어 서로를 끌어안고 뒤엉켜도 어둠은 비밀처럼 나눌 수 없는 것인데, 그때는 그걸 몰랐습니다.

저의 악몽도 남편의 악몽도 그해 여름의 그 어디쯤에서 헤매고 있을 겁니다.

2012년

장 봐온 비닐봉지를 중문 앞에 내려놓고 한숨 돌립니다. 창문을 열어놓고 나가지 않아 집 안의 공기는 미적지근합니다.

공방 마칠 무렵, 며칠 뒤에 작업할 옥상 방수 처리에 대해 상의하자며 상가 건물주가 찾아오는 바람에 남편은 공방에 남았습니다. 아니, 어쩌면 그건 핑계고 종일 저하고 붙어 있느라 참았던 국제전화를 걸고 있을지도 모릅니다.

신발을 벗고 막 집안으로 들어서려는데 누군가 똑똑 현관문을 두드립니다. 저는 남편인가 싶어 반가운 마음에 아무런 의심 없이 문을 엽니다. 문 앞에는 바로 그 여자가 서 있습니다. 내 남편의 첫사랑이자 내연녀인 이한나 말입니다.

"동민이 아직 안 왔어?"

이한나는 남편과 제가 사는 아파트까지 찾아와 다짜고짜 반말하며 남편을 찾습니다.

"할 얘기 있으니까 따라와."

팔을 꽉 붙들고 이한나는 옥외 계단으로 저를 이끕니다. 웬일인지 옥외 계단으로 난 검은색 철문이 열려 있습니다. 그걸 발로 탁하고 닫은 이한나는 따지고 듭니다. 누가 들을까 봐 언성을 최대한 낮췄지만, 말투는 표독스럽기 짝이 없습니다.

"네까짓 게 뭔데, 이혼을 해주네, 마네야? 당장 헤어져."

남편과 헤어지고 싶지도 않고 헤어질 수도 없습니다. 제 친정집은

엄마, 시체를 부탁해

대를 이어 육사 출신의 군인 집안이라 딸이 이혼한다는 건 있을 수 없는 일입니다.

"동민이한테 나뿐인 거 알지? 갠 나 없으면 안 되는 거 알잖아?"

이한나가 호주로 돌아갔을 때 남편이 집안에 틀어박혀 폐인처럼 살았다는 이야기를 시누이에게서 전해 들었습니다.

"넌 내 빈자릴 채우기 위해 잠깐 동민이 옆에 갖다 놓은 대용품일 뿐이야."

사납게 몰아붙이는 여자에게 지지 않고 저도 대꾸합니다.

"아니에요. 그렇지 않아요."

"멍청한 년, 아버님이 췌장암만 아니었으면 넌 이 결혼 못 했어."

저는 속에서 끓어오르는 분노를 느낍니다.

"아니에요. 아무리 그래도 싫어하는 여자와 결혼할 리 없잖아요."

"웃기고 있네. 우리 사이엔 아무도 끊어낼 수 없는 운명이 있어. 알겠어?"

이 여자의 어디서 이런 뻔뻔함과 자신감이 샘솟는 걸까 생각하다 그게 다 제 남편한테서 나온다는 걸 깨닫고 가슴이 답답해집니다.

"넌 그냥 동민이한테 리얼돌 같은 거야."

"뭐라고요?"

"헤어질 수 없으면…."

갑자기 이한나가 제 팔을 잡아당깁니다.

"그냥 죽어."

절 계단에서 넘어뜨리고 7층 층계참에서 아래로 떠밀려고 합니다. 저는 난간에 기댄 채 떠밀리지 않으려고 애를 쓰지만 이미 상반신은 허공에서 휘청거리고 있습니다. 이한나의 눈에서 불기둥이 일어나며 양손으로 저의 가슴팍을 세게 짓누릅니다.

"이 거머리 같은 년, 죽어, 죽어!"

그때 이한나의 목에 감겨 있는 스카프가 제 눈에 들어옵니다. 분홍 바탕에 회색 해골이 그려진 실크 스카프인데 제게도 이것과 똑같은 브랜드의 똑같은 디자인의 스카프가 있습니다. 남편이 선물한 것입니다.

저도 모르게 두 손을 뻗어 스카프를 거머쥡니다. 남편이 이 여자한테도 똑같은 스카프를 선물했을 거라곤 생각지도 못한 채, 이건 내 거야! 이것까지 빼앗길 순 없어! 속으로 소리치며 스카프를 힘껏 잡아당깁니다.

그러자 이한나가 껵껵거리며 뒤로 물러납니다. 그 바람에 저의 체중까지 실려 이한나의 목은 더욱 조여듭니다. 용케 놓치지 않고 제 두 손에는 스카프의 양쪽 끝자락이 쥐어져 있습니다. 저는 부드러운 실크 자락을 몇 번이고 휘감아 쥐고서 손바닥이 아릴 정도로 잡아당깁니다.

그러자 층계참 가운데까지 물러났던 이한나가 스카프를 쥐어뜯으며 앞으로 고꾸라집니다. 저는 등 뒤에 올라타 손가락 실핏줄이 터지도록 악력을 풀지 않습니다. 조이기를 멈추지 않습니다.

어느새 시멘트 바닥 위로 이한나의 팔다리가 축 늘어집니다.

그때 어떻게 알고 왔는지 한달음에 달려온 남편이 제 손목을 덥

석 붙잡습니다. 어찌나 세게 잡는지 손목이 부러질 것 같습니다. 저는 그제야 멈추고 차마 남편의 얼굴을 바라볼 수 없어 일어나 옆으로 비켜납니다.

남편은 바닥에 널브러진 몸을 끌어안고 목에서 스카프를 풀어냅니다.

"약속에 늦어서 미안해."

남편이 여자의 식어버린 얼굴에 볼을 가져다 대고 비비며 몸을 앞뒤로 흔들어 댑니다. 차가운 입술에 입술을 맞대며 생명의 숨결을 나누어 주려 합니다.

참으로 이기적이고 못된 생각인 걸 알지만 두 사람이 그러고 있는 꼴을 저는 보고 싶지 않습니다. 저쪽에서 먼저 공격했고 이쪽은 정당방위였을 뿐이라고 소리 지르고 싶습니다.

마침내, 되돌릴 수 없음을 깨달은 남편이 천천히 일어나 시체를 둘러업습니다. 한 발, 한 발 힘겹게 계단을 딛고 내려갑니다. 저도 그 뒤를 따릅니다. 1층에 다다랐을 때 제가 앞으로 나서 옥외 계단 철문의 손잡이에 손을 뻗습니다.

"맨손으로 열지 마요."

저는 남편의 말대로 윗옷 자락을 거머쥔 채 철문을 엽니다. 빼꼼히 고개만 내밀어 인기척을 살핀 후 우리는 1층 복도로 나갑니다. 여긴 복도형 아파트라서 1층 복도 난간에서 아래로 뛰어내릴 수 있습니다. 그렇게 하면 중앙 출입문의 CCTV를 피할 수 있습니다.

1층 복도에서 화단 쪽으로 남편이 시체를 천천히 아래로 내려보냅니다. 그런 다음 훌쩍 뛰어내려 우물쭈물하는 저를 받아줍니다.

점점 무거워지는 시체를 둘러업고서도 남편은 지뢰밭에 꽂힌 표식을 보고 발을 내딛는 군인처럼 신중하게 CCTV 사각지대를 따라 움직입니다. 후임병처럼 저도 조심조심 남편의 뒤를 따릅니다.

놀이터 CCTV 기둥 뒤쪽을 지나쳐 아파트 담장을 넘습니다. 그러자 도로변에 흰색 소나타 한 대가 서 있습니다. 남편은 자기 호주머니에서 차 키를 꺼내 문을 열고 시체를 차 뒷좌석에 눕힙니다.

차량용 블랙박스도 내비게이션도 없는 낡고 낯선 차입니다.

"대포차니까 걱정 마요. 홍콩 거쳐서 마카오로 배 타고 가서 우리가 이 차를 중고로 헐값에 넘기기로 했으니까요."

조수석에 올라타고 나서야 저는 마음 편하게 숨을 내쉽니다.

"지금부터 내가 하는 말 잘 들어요."

남편이 차에 시동을 걸면서 나지막한 목소리로 다그칩니다.

"지연 씨가 선택해요. 여기서 살인죄로 잡혀서 감방 가서 살 것인지, 이한나로 호주에 가서 좀 잠잠해지면 다시 한국으로 넘어올 것인지. 결정해요. 다른 건 다 준비되어 있어요. 지연 씨만 결정만 하면 돼요."

다 준비되어 있다는 게 무슨 말인지, 언제부터 준비한 것인지 알 수가 없습니다.

"전⋯."

목이 잠겨 입안에 자갈을 굴리고 있는 것처럼 목소리가 잘 나오지 않습니다.

234   엄마, 시체를 부탁해

"잘 모르겠어요. 미안해요. 실수예요. 바보 같이 돌이킬 수 없는 실수를 했어요."

저는 펑펑 울고 싶지만, 남편이 울고 있어서 울지 못합니다. 남편은 지금 자신이 눈물을 흘리고 있다는 사실조차 모르는 것 같습니다.

"전 호주에서 꼭 찾아야 할 게 있어서 어떻게든 가야 해요. 하지만 한나가 죽은 게 당분간 알려지면 안 돼요. 그래서 부탁할게요. 따라가지 않아도 좋은데 몇 달만이라도 어디 숨어 있어요. 네?"

"아니에요. 그럼 저도 가겠어요."

나락의 밑바닥을 혼자보다는 둘이서 걷는 게 더 나을 것입니다. 하지만 시체를 끌어안고 남편이 중얼거렸던 말이 내내 마음에 걸립니다.

약속에 늦어서 미안해.

두 사람이 어떤 약속을 했는지 전 짐작도 가지 않습니다.

아니, 어쩌면 아주 오래전에 이미 예감했던 일인지도 모릅니다.

2010년

남자는 왜 하필 이 무더위에 직접 노를 저으려 하는지 알 수가 없습니다. 배 이물간에 다소곳이 앉아 있기도 따분하여 저는 한쪽 팔을 늘어뜨려 손가락 사이로 빠져나가는 물결을 느껴봅니다.

바람 한 점 없이 후텁지근합니다. 머리카락이 땀에 젖어 자꾸만 목덜미에 들러붙습니다.

"덥죠? 우리 물속에 확 뛰어들어 버릴까요?"

아버지가 주선한 맞선남에게 이런 충동적인 면이 있다니, 놀라서 눈을 동그랗게 뜹니다.

"수영 못해요."

"나도요."

남자가 개구쟁이처럼 웃습니다. 남자의 웃음소리가 무더위 속에서 경쾌하게 물수제비를 뜨며 날아갑니다.

"우리가 빠져서 허우적거리는 걸 보고 사람들이 구하러 올 땐 이미 늦겠죠?"

저는 몸을 돌려 나루터 쪽을 바라봅니다. 거기엔 방수포를 뒤집어쓴 배들과 페인트칠 벗겨진 오리배들이 둥실둥실 떠 있을 뿐 사람이라곤 그림자조차 보이질 않습니다.

그 순간 배가 흔들렸고 남자가 노를 놓칩니다. 풍덩, 소리와 함께 수면에 커다란 물결무늬가 일어납니다.

우리는 그렇게 노를 놓친 배 위에 서로를 마주 보면서 가만히 앉아 있습니다. 약속된 시간이 다 되어 배 주인이 모터보트를 타고 우리를 찾으러 올 때까지 저수지 한가운데서 표류합니다.

될 대로 되라는 식으로 남자가 만세를 하며 뒤로 벌렁 드러누워 버립니다. 순간, 이렇게 있는 것도 나쁘지만은 않다는 생각이 듭니다.

"김지연 씨, 저하고 결혼할래요?"